日和
hiyori

让阅读成为日常

巡礼之家(上)

巡礼の家

〔日〕天童荒太 ◎著
米悄 ◎译

湖南文艺出版社

图书在版编目(CIP)数据

巡礼之家:全两册 / (日)天童荒太著;米悄译. -- 长沙:湖南文艺出版社,2023.1
(日和)
ISBN 978-7-5726-0743-1

Ⅰ.①巡… Ⅱ.①天… ②米… Ⅲ.①长篇小说—日本—现代 Ⅳ.①I313.45

中国版本图书馆CIP数据核字(2022)第111988号

日和
hiyori

巡礼之家
XUNLI ZHI JIA

著 者:〔日〕天童荒太	译 者:米 悄
出版人:陈新文	责任编辑:夏必玄
封面设计:少 少	封面绘制:山 鬼
内文排版:钟灿霞 钟小科	

出版发行:湖南文艺出版社
(长沙市雨花区东二环一段508号 邮编:410014)
印 刷:湖南凌宇纸品有限公司
开 本:880mm×1230mm 1/64   印 张:9 字 数:220千字
版 次:2023年1月第1版   印 次:2023年1月第1次印刷
书 号:ISBN 978-7-5726-0743-1   定 价:46.80元(全两册)

版权所有,侵权必究

楔　子

凡事皆有开始，却未必都会终结。

这个故事始于很久很久以前，神创世之初的上古时代。

我们现在生活的地方，还没有任何人类居住。

在神的加护之下，世界上的人口不断增多，而随着人口的增加，一些未经开发的土地，也有必要被扩张为新的生活场所。

这片区域，海阔波平，但平原稀少，山地纵横交错，峰岭绵延悠远，森林深邃无边。神派出使者，来调查此地是否适合人类生活。

为了便于从天上俯瞰下界，更好地观察山脉、河流和平原的情况，一只雌鹭被神选中。她比现今的鹭鸶要大上两圈，不仅在风雨中可以持续飞行，而且拥有无愧神使之名的优美身姿，通体雪白如丝绢，羽翼柔韧轻盈。

这只雌鹭原本和一只情投意合的雄鹭共同生活在神的花园中。有一天，雄鹭在空中遨游时突遭雷击，不幸殒命。原来，他悠然自得之间不小心飞得太高，触怒了雷公，引来杀身之祸。失去伴侣的雌鹭大受打击，长期沉溺于悲痛之中。或许，神委之以重任，是希望她能够借此机会重获力量，顽强地活下去。

雌鹭虽然心灰意冷，但既然受到神的指派，便无法推辞。她从神的花园起飞，拍打着巨大的羽翼，身姿优雅地迎风翱翔，眨眼间就飞到了目的地，在上空不住地盘旋。

只见那片后来被称为濑户内海的海域，风平浪静，栖息着很多鱼贝生物。雌鹭觉得，只要人类不过度捕捞，就能够长久地享用这些自然的恩赐。但是，在这片区域，起伏的山地一直迫近到海岸附近，幽深的森林绵延到很远很远。河流中，散布着一些巨大的岩石。人类若想生活于此，就必须要削山拓地，开荒修路。而河水的泛滥问题也令人担忧。

雌鹭陷入了沉思。

"为使这里变得真正适宜居住，人类要吃很多苦，付出辛劳。得有什么东西可以抚慰才好，但目前却没发现有类似存在。恐怕，我没有太好的消息带给上神……"

也许是因为心情沉重，太专注于思考，当她发现有棵巨树的枝杈横亘在自己面前时，却为时已晚。由于体形庞大，伸向后方的长腿刮到了树枝，让她失去了平衡。雌鹭急忙扇动翅膀，羽翼却撞到了其他树枝，她一头栽进了森林中。

好在撞到地面之前的一瞬间，有浓密的树叶托挡，而遍地苔藓也起到了保护作用，使她免于受到更加严重的伤害。但是她感觉左脚痛得厉害，用来飞行的翅膀也受了伤。

雌鹭环顾四周，知道自己遇到了麻烦。森林深处格外幽暗。太阳已经落山，寒意正悄然袭来，雌鹭的心中越发感到害怕，她无助地发出一声悲鸣，想告诉神自己被困在这里，但是呼救的声音却被茂密的枝叶挡住，无法传送到天空。

从神的花园起飞，由安全之所一直飞行至此，完成任务正准备打道回府的时候，却发生这样的意外，难道自己真要命丧此地吗……

此时，她感觉到的与其说是悲伤，不如说是生命的脆弱和命运的严峻。也许因为被神选中，在内心未及察觉之时，自己曾有一丝得意忘形。

但是，雌鹭生活在神的近旁，有件事她应该逐渐有所感知。那就是，神不可能恩泽世上所有的生命个体。对于一条、一只、一匹、一头乃至一人的生存或死亡，神无法一一顾及。神要担忧的是更大的问题。比如整顿宇宙的秩序。而将地球交给这个星球上的生物之后，神也需要关注他们是否认真履行了自己的职责。

每一条、每一只、每一匹、每一头或每一人，都是肩负着各自不同使命的旅行者。在旅途中，他们会寻找意气相投的伙伴，共同踏上征程。还会找到心爱的伴侣，一起生活下去。他们会孕育下一代，培养和引导他们。但是，在这期间，他们将不得不面对亲密伙伴的离世，而自己也最终会迎来死亡。

这是生物的宿命。我们都是最终会走向死亡宿命的旅行者。

雌鹭倏然醒悟，想起了早年去世的父母、朋友，还有她的丈夫，发出了一声比刚才还要高亢的啼鸣。

突然，像是对她鸣声的回答，一阵暖风轻轻吹来。风中带着些潮气，也送来了阵阵微弱的水声。雌鹭感到奇怪，她拖着受伤的脚，朝着风吹来的方向行进。

灰蒙蒙的雾霭弥漫在丛林的尽头。略行片刻，只见地上的青苔变成了岩石地。在岩石与岩石的缝隙之间有水波流动。水沾到脚上，雌鹭惊讶万分，是暖的。

飘曳在四周的雾气越来越浓，围拢住雌鹭的身体。那雾气也是暖的，还夹带着些潮润。

她意识到，这是水蒸气。雌鹭忍住伤痛，尝试着活动了一下翅膀，大开大合之间，呼地掀起一阵疾风，水蒸气被驱散，眼前出现了一汪被包围在岩壁中间的小小的泉池。

溢出的清泉漫到雌鹭脚下，又送来一股暖意。

是温泉。池水澄澈洁净，池底平坦的岩石清晰可见。从灰褐色的岩石缝隙之间，温热的泉水正汩汩涌出。

雌鹭小心翼翼地伸出受伤的脚，浸在温泉中。她深深地呼出一口气。令人舒适的温暖传遍了全身。她把另一只脚也伸进池内，朝自己身上撩着水，最后将整个身体都沉浸在温热的泉水中。雌鹭感到一阵无可名状的惬意，旅途的疲倦、紧张和恐惧也渐渐消融。

泡了一会儿，雌鹭从温泉池中站起，将翅膀摊开在岩石上。她一边晾干翅膀，一边仍将双脚浸在温泉水中。时间过去好久，她感觉到了饥饿。这是生命力量已经恢复的证明。

雌鹭吃了森林里长出来的果实，用清水润过了喉咙，顿时感到身体中充满了力量。她觉得自己又能飞了，便试着拍打了一下翅膀。没有感觉到痛。脚也能动。她仰头望去，透过树木枝杈之间的缝隙，只见月亮已经升上了天空。

鹭鸶朝着发出清辉的月亮飞去，回到了神的面前。

"那是一个好地方。"

鹭鸶向神汇报。

"当然，要生活得富足并非易事。人类必须为此经历几代人的努力，去开垦高山和荒地，也可能会遭受灾难的侵袭。但是，那里海域壮美，河流清澈，森林中的天然泉水和野生果实甘甜可口。并且，那里还有温泉，可以为终日劳作的人们解除疲劳，给予他们生存下去的力量。"

鹭鸶语带自豪地介绍完之后，又轻轻地摇了摇头。

"但是……人类比其他生物拥有更多的智慧，而他们的欲念也同样深重。他们想比别人生活得更轻松，渴望获得更多的财富，因此，他们非常容易偏离正轨，走上邪路。若有机会，应将堪为典范的人物派遣到那里。让他能够为迷途者提供帮助……使到访那片土地的人领悟到什么才是真正的幸福……请上神给予那里守护和关爱。"

神闻言大悦。作为奖励，他允许雌鹭永远生活在自己的花园里。

鹭鸶充满眷恋地环视着神的花园,又抬头仰望着上神,她的目光中闪过一丝坚毅。

"实际上,我还有一个请求。请再次将我派到那里去吧。在那池治愈了我的伤痛、帮我恢复了生存力量的温泉边,我想打造一座小小的庵堂,用来迎接包括人类在内的所有生物。浸在温泉中,会让人因舒适而困倦,会感到饥饿。我想为他们提供一个安眠之所,准备一些果腹之物。我感觉,这个星球上的所有生物都是旅行者。是背负着某种使命,承受着亲人逝去的现实,而自己也终将死去的忧伤无助的旅行者。我想去迎接这些旅客,慰藉他们,鼓励他们,使他们能够继续自己的旅程。"

"如若这般,就不能再回到我的花园了,你可愿意?"

神问。

"我愿意。我想那就是我的使命。"

鹭鸶坚定地回答。

神凝视着鹭鸶,知道她心意已决,便答应了她的请求。

　　……这就是故事的开端。也是鹭屋的起源。

　　信也好，不信也罢，尽可各随人意。只是，经历了漫长的岁月，这个故事一直传颂至今。

　　这只雌鹭就是鹭屋的第一代女主人。而直至今日，鹭屋依然在迎送着来来往往的旅行者，从无间断。

一

是我杀的。我杀了人。我是个杀人凶手。

裸土路上,一个少女在赤足狂奔。每当踩到小石子,疼痛就会从脚底直冲头顶。她承受着,以此来惩罚自己所犯下的罪行。

死刑,我一定会被判死刑。可是,事情为什么会变成这样?

泪水从少女的眼中涌出。

她身上只穿着一套灰色的卫衣裤,连袜子都没穿。脚底的皮肤也许都磨破了,疼痛在加剧,突然,脚趾又撞到一块大石头,钻心的疼痛让她险些跌倒。

正在这时,女孩眼角的余光瞥到一辆汽车正在向这边驶来。

她赶紧跳进路旁的草丛中。膝盖撞在地上。她忍住疼痛，分开荒草爬进树林，躲了起来。一辆似曾相识的小轿车驶上坡路。司机大概没有看到女孩，汽车丝毫没有减速，一溜烟地远去了。

一旦发现尸体，必定会立即对女孩展开搜索。

她朝树林的深处走去。自己犯下的罪行实在太可怕了。可是，一想到罪责要全部算在自己头上，她又觉得太委屈：确实，我的行为非常过分，但那又不是我一个人的错……

森林里，地面上滚落着很多碎石子，枯枝败叶横七竖八，带刺的蔓草生得十分茂密。汗湿的头发遮住了女孩的视线，她焦躁起来，脚步却未停，边走边用手腕上的黑色橡皮筋将齐肩的头发绑在脑后。路依然难走，女孩跌跌撞撞，手脚并用地扒开树枝和蔓草，继续前行，一会儿工夫，不仅脚上，连双手和脸上都伤痕累累。

走出树林，眼前出现一片寂静无人的山中农园。里面是一块小小的农田，大概只有家庭菜园那么大。山里有野猪和猴子，也许是为了阻止这些野生动物的破坏，田地四周的围栏建得比较高。从田间作物的叶片可以看出，地里种的是芜菁和芋头。小时候在家乡，女孩的祖父母也曾经在田里种菜，所以她多少能够分辨出一些农作物。

女孩沿着围栏的外圈绕行，在农田的路口旁，发现了一个自来水龙头。她打开拧得紧紧的水阀，用嘴去接管道中流出来的水。

一股清凉渗进她干渴的喉咙。她又洗了洗手和脸。旁边的树枝上挂着两个衣架，每个衣架上都搭着两条旧手巾。干完农活之后需要清洗，这些手巾大概是擦手擦脸用的吧。其中有的已十分破旧，看上去只能当抹布。

女孩取下一条手巾，擦了擦脸，又用水冲洗了一下满是血污的双脚。水渗到伤口里，她痛得叫出声来。左脚的拇指尖已经裂开了，鲜血直涌。右脚脚后跟的伤口比想象中要深。如果要继续逃亡，必须有双鞋子才行。但是，农园的周围根本找不到这样的东西。女孩刚要将手伸向那两块像抹布一样的手巾，又犹豫起来。

我不想当小偷。可是,我连人都杀了……

女孩闭上眼睛,双手合十。有借有还。如果我还活着,就一定会回来归还手巾。所以,请允许我借用一下。

女孩将手巾分别在两只脚上缠裹了两圈,牢牢地绑紧。她穿过那条铺设过的坡路,走到对面,再次钻进了森林。爬过一座小山冈,女孩来到了一条双车道的路边。能听到汽车发动机的声音,她赶紧躲起来,目送两辆小汽车从眼前驶过。

在道路的斜对面,一条裸土小径伸向森林深处。女孩警觉地东张西望着,朝那里靠近。小径入口的两侧立有低矮的木桩,一根粗粗的竹竿横担其上,以示禁止通行。但充其量不过是一个提醒的形式罢了。如果绕过木桩的外侧,就可以轻松地进到里面。在竹竿的中央位置,钉有一块陈旧的木板,上面写有"旧遍路①道"的字样,字迹已经模糊。竹竿的旁边还挂着一块正布。上面的字体也说不上好看,写

---

① 遍路 指朝圣、巡礼,特指参拜弘法大师(空海)修行过的四国地区八十八处遗迹。

的是"危险地带,注意安全"。

来到此地之后,女孩知道了巡拜八十八所[①]圣地的巡礼者,也就是"遍路者"的存在。所谓遍路道,应该就是那些遍路者所走的道路吧。但是为什么前面要加个"旧"字,她不太懂。如果完全无法通行,应该拦截得更彻底,构造做得更坚固一些才是。不过,若是换一个角度想,里面如果真的是什么危险地带,追踪自己的人就不太可能会进去。女孩绕过木桩,进入了那条"旧遍路道"。

前方左侧的路边供着一尊小小的地藏菩萨。应该很有年头了,从眼鼻处的剥落状况和一些小小的坑坑洼洼就可以看出这一点。道路不宽,大概仅能容下两个大人并排行走,非常荒凉。周围的树木高耸,枝缠叶绕,光线十分昏暗。听不到汽车的声音,也听不到鸟鸣,落叶和枯枝铺满了地面,踩上去噼啪作响,在寂静中显得尤其突兀。

看不出这条路会通向哪里。在蜿蜒曲折中慢慢

[①] 四国八十八所是对日本四国岛境内与弘法大师有渊源的八十八座佛教寺院的合称。

上坡，长时间步行的双脚开始宣告着极限。即使裹着手巾，每当踩到树枝或碎石的时候，还是会感到阵阵剧痛。没戴手表，林木的树干和枝叶层层叠叠遮蔽住天空，女孩已经失去了时间感。

头上突然响起淅淅沥沥的声音。有冰凉的水珠滴落在脸颊。顷刻间，打在树叶上的雨声大了起来，肩膀手臂转眼就被淋湿了。周围找不到可以避雨的地方，雨点儿越来越密，雨水不管不顾地从头顶顺着脸颊淋漓而下。

道路泥泞，水流从坡上汩汩涌下。缠在少女脚上的手巾浸在泥水里，变得滑溜溜的。头顶有强光闪过，雷声纷至沓来，地面都在随之震颤。女孩不由自主地蹲下了身体。闪电不停地在近旁肆虐，雷声步步紧逼。她不敢停留，又站起身来，迈开了双腿。

或许因为道路变得平坦了一些，地面上不再有水流动。女孩松了一口气，迈过一棵参天大树的根部，就在这时，她一下子失去了地面的支撑，身体像是落入洞穴一般沉了下去。紧接着，从胸部到侧腹部都受到了强烈的冲击，她感到一阵窒息。额头和脸颊蹭着地面一路滑了下去。

当身体停止下落,女孩用手撑住泥泞的地面,抬头望去。原来,她没有注意到树根这边是下坡,所以向前扑倒,摔了个大马趴。从天而降的雨柱和流过地面的雨水展开了双重攻击,女孩身上的卫衣裤已经湿透了,泥水似乎进到了眼睛里,她感到一阵刺痛。女孩已经没有力气站起来,她仰面躺倒在泥泞中,让浇在脸上的雨水冲洗着眼睛。

可能会死在这里。好吧,就这样吧……她绝望地想着。

阿雏……雏步……

仿佛听到有人在呼唤。女孩坐起身来。

爸爸?妈妈?

环视四周,只有黑魆魆的树影林立,凝神侧耳,听到的也只是雨水打在树丛中的声音。

但是……她还是觉得有人在呼唤自己,是爸爸妈妈在呼唤她。女孩站起身来。

雨水早已渗进了卫衣的里面,湿答答的糊在身上,但是她感觉不到冷,也许已经麻木了。她用裹着手巾的双膝探着路，沿着湿滑的路面朝下走去。坡度逐渐平缓起来。雨势渐渐减弱，最后终于停了。周遭一片昏暗，但似乎还没到晚上，眼前模模糊糊可以辨认出道路，一条泥泞艰险的小径。

女孩感到周身疲乏，她支持不住，就地坐了下去。身体沉重得仿佛会一直陷进泥里。她将额头抵在立起来的膝盖上。原来是这样啊……所谓的"旧遍路道"，大概指的就是古时候巡礼者走过的道路，现在已经不再使用了。如果真的是这样的话，就不会有人走到这条路上来，当然也不会有人来救自己。只能在这里乖乖等死了。

远处传来一个声音，像是鸟儿在扇动着翅膀。一阵微风拂过脸颊。女孩睁开眼睛，抬起头，发现自己被包围在一片乳白色的雾气之中。她四下看去，只能看到前方几厘米处。

难道，这里是……死后的世界？我真的已经死了吗？

轻风再次拂过脸颊。雾气飘摇，渐渐淡去，雾对面隐隐浮现出一个身影。像是一只体形修长、身形巨大的鸟。

影子越来越近。脸部看不清。对方看着少女,似乎感到有些意外,歪起了脑袋。只见它张开翅膀,伸向了女孩。

女孩惊异地看着对方,在她的注视下,大鸟的羽翼忽然变成了白色的手臂,翎毛变成了柔嫩的手指,抚在女孩的双肩。一股温暖传进女孩冰凉彻骨的身体里。

"怎么了?为什么会在这种地方?"

声音仿佛钻进了女孩疲惫至极的内心和身体里,温柔地回荡着。

"站不起来吗?哪里感觉疼?"

在女孩模糊的视线中,出现了一张人类女性的面孔。

两条清晰有力的眉毛之下,是一双充满生命力的大眼睛,双眸晶莹闪亮。从秀挺的鼻梁到桃红色的嘴唇,面部线条端丽柔和。乌黑的头发编成辫子,优雅地盘在头顶。状似古代佩玉的双耳没戴耳环或者耳钉那些首饰,但它们本身看起来就像是高贵的珠宝。凛然而充溢着力量的眼眸,刻画出她坚强的性格;脸庞的弧度和舒缓的嘴角,却流露出可以接纳一切的宽容。

少女出神地望着对方的脸。这个,正是我梦寐以求的容貌啊——如果可以整形,最好是某某模特加上某某女演员,将自己喜欢的偶像综合在一起——她曾贪婪地想象,却无法正确表述出来的理想面孔,此刻正在看着自己。

女人抬起搭在少女左肩上的右手,抚摸着少女的脸颊……

"你……"

女人轻声细语,仿佛在告诉她一个重要的秘密。

"可有归处?"

"啊……"

女孩吃了一惊。她不知道自己有没有说出话来。对方的问题在女孩的内心深处引起强烈的回响。那是她一直藏在心里的问题,是她对自己发出的疑问,同时,也是不愿任何人提及的秘密。

我,可有归处……

但此刻,当这个问题在耳边响起,她才第一次意识到,自己一直期盼着有人能这样问她。

"你,可有归处?"

女孩想哭,想呐喊。

但是她能做的只是轻轻地摇头。

眼前的女人微笑着。她用搭在女孩右肩上的左手,轻轻地将女孩揽向自己。当女人充满笑意的眼睛越来越靠近,女孩的视线开始模糊,很快,一切都被锁在了乳白色的雾霭深处。

二

　　一个梳着两根辫子的小女孩,头上绑着一条用圆点布巾折成的抹额,身披一件藏蓝色的祭典法披①,站在一个锃光瓦亮的大箱子前摆着姿势。她伸出两根手指比了个胜利的V字。

　　"爸爸,我真的可以上去吗?"

　　快门刚一按下,小女孩就将手伸向自己身后那个亮闪闪的箱子,那其实是一顶大神轿,小女孩抚摸着支撑神轿的担杆问道。

　　身材高大、性情温厚的父亲放下相机,对小女

---

① 法披,一种外套式上衣,长度及腰或膝,是日本节日祭祀时所穿的传统服装。一些商号通常会在法披背面印上字号。根据不同情况,后文也会将其译作号衣。

孩露出了自豪的微笑。学生时代曾活跃在学校游泳俱乐部的父亲，因精通水性而被大家冠以"甚平①"的绰号。只见他身着黑色Ｔ恤，配牛仔裤，外面也披了一件祭典法披。

"正常来说，是不允许女孩子上轿的，但是阿雏不一样，因为阿雏是爸爸的女儿。"

"这个神轿是爸爸做的吗？"

"是工匠做的呀。因为那台旧的神轿已经磨损得很严重了，所以爸爸提出建议，负责筹款，造了一台新的神轿。在设计上爸爸也做出了一点贡献哦！"

"因为，爸爸是祭典活动的负责人哪！"

站在父亲身旁的母亲说道。母亲身材娇小，与父亲形成了鲜明的对照。因肌肤雪白，高中时代加入游泳俱乐部时，大家也给她取了个诨名，叫贝鲁。是从白鲸的别名贝鲁卡鲸而来。母亲穿了一条淡绿色的连衣裙，未着法披。

"为什么不让女孩子上轿呢？哥哥都能经常上

---

① 甚平，日本漫画《海贼王》中的一个角色，"王下七武海"的成员之一，草帽海贼团的舵手，有"海侠"之称。

22

去!"

小女孩轻轻地用指甲去碰触神轿上泛着黑光的轿檐。格外小心,仿佛怕弄脏了一样。

'有这样的规矩。女孩子跟成年女性一样。女人可以抬轿,但不能乘上神轿。虽然爸爸人为学龄前的小女孩是可以上轿的,但规矩就是规矩,没办法啊。"

"但是我就可以,对不对?"

"那天啊,请宫司行过了祓除之礼,大家为了感谢爸爸为新神轿的制作做出的贡献,一致同意让阿雏上轿!大家也都知道阿雏喜欢庙会祭典,所以啊,阿雏可以乘上神轿,然后大家会抬着它绕神社转一圈。"

"太棒啦!给爸爸当女儿可真好!"

"是吧!"

父亲忍不住眉开眼笑,挠了挠自己口周的胡子。

母亲笑着,轻轻地撞了一下父亲粗壮的手臂。

"但是,雏步一定要稳稳地抓住才行哦!"

"嗯!我知道!我会抓紧这条绳子。"

小女孩紧紧握住那条粗粗的、被称为"饰绳"的大红绳索。神轿顶的四个角上有着突出来的装饰,形状像是蕨菜打着卷的叶尖儿,所以爸爸他们也叫它"蕨手"或"耳朵",饰绳就从这个耳朵一直连接到担杆。

突然,绳索啪的一声崩断了,小女孩的手中还握着绳子的一头,神轿便从基座上向另一边滑落下去。

周围不知何时变成一片大水塘,神轿顶上的凤凰造型落入水中,溅起大大的水花。接着,整个神轿的轿体都滑进水里,冒着泡泡,眨眼间就沉了下去。

自己似乎也被拖拽到了水里,她试图抓住什么……雏步挣扎着,拼命地扭动自己的身体,睁开了眼睛。

眼前很暗,但没有到漆黑的地步,不知何处还亮着一点微弱的灯光。

手、脚、后背,感觉又回来了。雏步下意识地摸了摸周边,发现自己被包裹在被子里。这里似乎是室内。她试探着摸摸身上,穿着一件像是浴衣的睡袍。干干爽爽,没有杂草、泥泞或血腥的气味。

全都是梦吗……但这个梦是从哪里开始的呢？

几段回忆开始模模糊糊地闪现。她想，如果那件可怕的罪行只是一个梦就好了。

不，最好是在那之前。失去归宿，彷徨无助的那些日子如果都是一场梦就好了。

如果可以的话……对，干脆就从那天算起吧……在神轿前留影的那天，自那天起的所有经历，如果都是在做梦，该有多好……

突然，雏步感觉到附近有人，她竖起耳朵仔细倾听。

有人就在附近呼吸着。平稳而缓慢的呼吸，像睡眠时发出的声音。雏步小心翼翼地将头转向左侧。就在身边不远处，还有一套铺盖，有个人正睡在里面。枕边放着一盏台灯，亮着小小的一簇灯光。

眼睛习惯了黑暗之后，雏步看到一张清秀的脸。头发长长的，所以应该是个女性。但不是在乳白色的雾中遇到的那个女人，眼前的这个要更年轻一些。因为她闭着眼睛，所以雏步不敢断言，但她觉得，对方一定也是个美女。有她在身边安静地沉睡，虽然有些令人起疑,但也让雏步感到一种莫名的安心。

没关系,这里应该很安全……雏步心里这样一想,全身就又变得沉重起来,加上她现在起不来,眼皮就自然而然地重新合上了。

在黑暗的深处,朦朦胧胧地感到灯光亮了起来。

额头似乎被什么东西捂住了一下。耳朵周围有点痒。

雏步睁开眼。只见正上方有人俯身对着自己。

"哎呀,对不起,吵醒你了?"

一个年轻女孩子的笑脸出现在眼前。大概就是刚才睡在旁边的那个人吧。看上去大约二十岁。在台灯光线的笼罩下,鼻子那里看上去格外地亮。

"鼻梁,好挺哦……"

雏步不由自主地喃喃自语。

"哈?"

对方吃了一惊,先是睁大了眼睛,大概又觉得好笑,脸上露出温柔的笑容。

雏步有些尴尬,闭上了眼睛。

"你好像又烧起来了,测个体温好不好?从耳朵测。"

她的语气水很温和,就像幼儿园的阿姨,雏步又睁开了眼睛。只见对方手里拿着个温度计似的东西,雏步懵懵懂懂地点了点头。

"那,冒犯了哦!"

对方动作麻利地将温度计的一头伸进雏步的耳洞里。温度计很快就发出了哔声。

"38.3℃。难不难受?"

要说难受,她现在只觉得脑袋昏昏沉沉,困得要命。雏步轻轻地摇了摇头。

"哦。不管怎样,现在最好还是睡觉。有没有哪里感觉痛?还好没有骨折,但是脚伤得很严重,手上、脸上、身上,到处都是擦伤和划破的小伤口。"

听她这么一说,雏步举起手来擎在面前。只见指尖和手背上都贴着创可贴。好像脸颊、下巴和前额也贴着。她试着去感觉自己的脚。两只脚都有点怪怪的,似乎包扎着绷带一样的东西。

"请问……您是医生吗?"

雏步开口问道。

"呀,终于可以完整地说出话来了。这下就放心了,阿雏。"

"咦……"

她怎么会知道我的名字?雏步感到困惑,盯着对方。

但是,一双美目径直看了回来,雏步有些不好意思,再次合上了眼睑。

"我叫小卷,是一名准护士哦!好了,再睡一会儿吧。现在才凌晨三点。"

雏步感觉那个名叫小卷的姐姐似乎回到了自己的被窝中。听得到衣服窸窸窣窣的声音,还有电灯开关的声音。雏步睁开眼睛,发现那盏小台灯熄灭了,房间变得漆黑一片。

三

远远地传来人语声。

虽然不是在笑,但声音活泼欢快。不只是一两个人,似乎好几个人的声音都交织在一起。雏步想睁开眼睛看个究竟,无奈眼皮沉重。刚才醒来时还没觉得怎样,现在却突然感觉身上很冷,脸倒很烫。

雏步吃力地睁开双眼。看到的是淡茶色的天花板。有光,并不刺眼,应该是自然光吧。天花板上到处都是黑色的瘢痕。每块瘢痕都呈现出相似的形状,似乎是在哪里看到过的形状。是鸟。是一只只大鸟,有的单腿站立,有的展翅飞翔,分散在整个天花板上,看来是特意设计出来的图案。

雏步想起那个名叫小卷的姐姐,转头看看旁边。

旁边的铺盖已经叠起来了，小卷不在。雏步又注意了一下房间里的情形。有样式简洁的桌子、椅子和书架，书架上密密麻麻地摆满了书。看不到书名，但至少看上去不像是漫画。旁边还有一个轻便衣橱。这里好像就是那个姐姐的房间。面积大概有六叠席大小。在雏步头朝着的方向有一扇窗户，窗帘是拉上的。也不知道现在是几点，但是光线蓄积在窗帘里，有些微微发亮。

房门在雏步双脚对着的方向。说话声是从门外传来的。

突然响起了敲门声。略微停顿之后，又敲了一遍，雏步不敢回应，只听门外传来一个细细的声音，"我进来咯——"

门开了。

"啊，睡醒了？"

一个高高瘦瘦的女子端着一个托盘走了进来。她的一头短发在下巴处微微内卷，遮住了双颊。看上去大概三十岁，也不是那个在乳白色的雾中遇见的女人。短发女子跪坐在雏步的枕边，将一双微凉的手搭在了雏步的额头上。

"真的，体温还很高。小卷叮嘱说要多喝些水。雏步姑娘，你能坐起来吗？"

这次，不是叫她的昵称阿雏，而是叫她的大名雏步。

为什么，怎么回事……雏步满心狐疑，但却说不出来话，就在这工夫，对方已经把被子掀开了一点，手臂伸到了雏步的后背下面，将她扶坐了起来。"喝点水吧。"对方递过来一只塑料杯，杯子上插着一根吸管。

雏步叼着吸管吸起水来。没想到水会这么好喝。雏步一口气把水喝光，长出了一口气。她的身体摇晃不稳，对方又扶着她躺下。

"我叫花凛。有什么需要的尽管叫我，不必客气。"

花凛扶着雏步时或许动作有些大，遮住脸颊的短发掠向了后方。雏步注意到，她的脸上似乎有一道缝过的伤疤，从左脸颊一直延伸到耳朵。

可是，雏步实在太困了，马上又闭上了眼睛。

只感觉被子又重新盖回到自己身上。

咔嗒,好像有什么东西掉在了地上,雏步醒了。

轻便衣橱前有个女子,正从地上捡起一本书,放回桌子上。

是那个名叫小卷的姐姐。她穿着一身运动装,回头看向这边。

"啊,对不起。吵醒你了。"

她嘟着嘴巴,皱起了眉头。连这种表情看上去都那么美啊,雏步呆呆地盯着她看。

"我这人哪,有个毛病,总是会把正在睡觉的人吵醒,好像还是因为自己不够注意,为这个,总被批评……跟美灯比起来,真是差得太远了。"

欸?美灯,又是谁……雏步想问,却又说不出话来。

"既然醒了,正好,让我换一下衣服好不好?刚才出去慢跑到道后公园。现在必须马上以百米冲刺的速度去学校,要不就迟到了。"

欸?道后,是个啥……小卷毫不在意雏步眼睛里的疑问，直接脱下了身上的运动服。她用毛巾快速地擦了擦线条优美的身体，穿上了牛仔裤和衬衫。

"有没有喝水？脱水就危险了，一定要多进水啊。你的枕头边有刚送来的饮用水。"

一说到水，雏步突然感到小腹隐痛，一阵尿意袭来。但是自己的身体好像一点都不能动。

"那个，劳驾……"

雏步刚想说话，又顿住了。刚穿上裤子的小卷回过头来：

"嗯？需要什么？要喝水吗？"

"不……那个……"

"哦！"小卷拍了一下巴掌，"是不是肚子饿了？"

不是啊……雏步在心里回了一嘴：哎，您真的是准护士吗？

"嗐，我知道呀，是不是想上厕所？"

……没想到她还喜欢故意捉弄人，雏步心中暗想，轻轻地点头承认。

"那是一定的咯，从昨天傍晚到现在，你还一次都没去过嘞！"

啊?也就是说,我昨天傍晚就来这里了?可是,这里,又是哪里?

但是,雏步现在顾不上这个问题。当务之急如果不马上解决,是要出大事的。

"能起来吗?还不行吧?要不,给你穿个纸尿裤怎么样?"

啊?我才不要那种东西,人家还年轻得很,才十五岁呀……雏步急忙摇头。

"哎?不要?很方便的哟!"

不不不,这不是方不方便的问题……算了,不跟你纠缠了。雏步双手用力撑起上半身,终于坐了起来。

"瞧!终于有力气活下去了吧?"

我只是不想那么夸张,用纸尿裤……雏步想到这里,看着满面笑容的小卷,突然意识到,也许,尿布威胁恰恰就是小卷姐姐用来激励自己的策略。

但是,当她试图站起来时,却感到脚上一阵剧痛,不由轻轻地叫出声来,疼得几乎窒息。

小卷伸手把雏步腿上的被子掀掉。雏步的双脚确实裹着绷带,外面还穿着网状的袜子。

"看来脚上的伤不轻呢,走路还有些困难,嗯……怎么办呢?"

"可是,纸尿裤……"

雏步努力要表明自己的意思。

小卷顽皮地笑了起来:

"哈哈,我知道我知道。课堂上曾经体验过一次,确实挺烦的。尿在那上面,真是需要相当的勇气才行。老年人不喜欢它也是可以理解的。"

正在这时,门外传来一阵有节奏的旋律,像是念经一样。

"唓,是阿朗。正好,阿朗——"

小卷站起来,走到房门外。

"阿朗,先别忙着念经啦,过来帮个忙。"

"谁念经了,我是在唱歌好吗!"

一个男子的声音传来:"是 U2[①] 的名曲好不好! *With or Without You* 的副歌部分。"

---

① U2,著名爱尔兰摇滚乐队,成立于1976年。

"那你用色即是空唱唱看!"

"色即、是空——哎?还真行嘿!"

哎呀呀!人家快要憋不住了啦……雏步欲哭无泪,轻轻地捶着榻榻米。

"哦,对了。阿朗,到我房间来一下。帮个忙,昨天带回来的那个女孩子。"

"啊,美灯救回来的那个女孩?"

一个衣装潇洒的年轻人跟在小卷的后面走进了房间。雏步看到他的脸,不由得一阵慌乱,她感觉自己的心跳正在加速。

"脚受了伤,好像现在还是不能走路。你帮忙把她送去洗手间好不好?"

"好啊!"

阿朗面孔容长,双眸清澈,清爽的前发自然地垂到眼前。野性果敢深藏于内,勇于对敌,宽以待友……雏步从年幼时起就一直憧憬着一个王子般的人物某天会突然出现在面前。此刻,一个完全符合她想象的王子正在对她微笑。然而——

"早安!现在就带你去洗手间,千万别尿裤子了哦!"一句话就无情地将雏步的美梦击得粉碎。

　　这位看上去比小卷年长四五岁、被称作阿朗的男子,伸出手臂托住雏步的膝窝和后背,轻松地将她抱了起来。

　　曾经在梦中出现过的公主抱……雏步心目中的理想场景,是身着婚纱的自己被抱起,经过散发着玫瑰芬芳的红毯,被引领到豪华的婚礼殿堂。然而,现实中的自己却穿着睡衣,经过弥漫着线香味道的走廊,一路被搬送到厕所……

　　走廊不是很宽,大概仅容得下两个人擦肩而过,但却足够明亮。地板和天花板都用古旧的木材铺设。一出房间,被抱着的雏步就注意到,在两侧各排列着五扇房门的走廊尽头,有一扇大窗户。

　　"雏步。"

　　声音就在耳边响起。王子殿下的脸近在眼前。

　　为什么大家都知道我的名字?雏步正疑惑,却觉得心中如有小鹿乱撞,自己从未如此近距离地看过异性的脸。睫毛,好长啊……不知不觉,雏步又看呆了,早就把刚才的疑问抛在了脑后。

"我叫飞朗,飞翔的飞,爽朗的朗。雏步的名字怎么写?"

"啊,是小雏鸟走步。"

雏步未经思考就答了出来。

"那,姓呢?"

这个问题一出现,雏步就想起了自己犯下的罪行。也许警方已经发出通缉令了。雏步紧闭双唇,视线也从飞朗的脸上移开了。

飞朗似乎并不在意,他在走廊的尽头向右转,再向左转,停在了两扇并列着的房门前。

"阿朗,把她送到门里,剩下的我来。"

小卷推开了飞朗面前的门。门上绘有红色的鸟,与天花板上的图案是相同的设计。在"女盥洗室"几个字下面,写着好几个国家的语言。

洗手间里有三个隔间和三个洗手池。飞朗将雏步轻轻地放下,刚好让她站在了拖鞋上。粉红色的拖鞋上也有相同图案的鸟,是白色的。雏步站稳在地。

"小卷,到时间了,我现在必须得出门,回房间有谁可以帮忙吗?"

"有。我会请玛利亚帮忙。"

"那就好。好了雏步,晚上再见!看到你好起来真是太棒了。"

飞朗微抬了一下手向她告别,退出到门外。

雏步在小卷的搀扶下,一步一挪,慢慢地走进一个隔间。

"然后自己可以吧?我也必须得出门了,要不真的要迟到了。接下来的事我会帮你安排好。不用担心。这里的所有人都很友善,所以,不管有什么需要,尽管说就是了。"

"请问……这里,叫什么?是做什么的?"

雏步问道。她扶住隔间内的扶手,撑住自己摇摇欲坠的身体。

小卷露出开心的笑容,答道:

"去问问把你救回来的人就知道了。"

四

解决了内急,雏步数次尝试想自己走回房间。但是,发着烧的身体虚弱不堪,再加上脚痛,她只好无奈地放弃。这时,突然响起了敲门声。

"可以了吗?已经好了么唏?"

一个嗓音粗犷、语调缓慢、用词古板的外国口音问道。

"好了……可以了。"

雏步怯生生地答道。门开了。一只白色的大鸟率先映入眼帘。与房间的天花板上、卫生间的门上和拖鞋上画的大概是同一只鸟。

"辣么,可以回房间了么唏?"

正在笑眯眯地说话的,是一位肤色黝黑的大块头外国女人。她身穿一件天蓝底上印着白鸟的T恤衫，外面披着一件形似法披的藏蓝色外套，下身套着一条牛仔裤。一双大大的眼睛骨碌碌转动着，"请抓住哦！摔到地上可就毁了哟！"

黑女人用两条粗壮的手臂轻飘飘地抱起了雏步，感觉比飞朗还要轻松。

她说的像是某种方言，雏步听得一知半解。不过，自从一年前搬到这个地区，出于某些原因，雏步与老年人接触的时间比较多，所以类似的语言也听到过几次。所以她猜，对方刚才说的"毁了"，应该是"坏了"的意思。

这个人，是不是就是小卷刚才提到的那个玛利亚呢？她的胸部特别大，雏步被她抱在怀里，头很自然地就靠在了她的胸脯上。雏步担心自己这样太没礼貌，挣扎着想把头挪开。

"没关系哦，靠着就好了。玛利亚的胸脯啊，足足喂大了五个娃娃咋呐么唻！哦，如果把娃他爹也算上的话，那就是六个人咋呐，哈哈哈哈……"

果然是玛利亚。她开怀大笑着，忽然又对着走廊那边招呼道:"早上好!走好哦,一路平安!"

雏步转过脸朝她说话的方向看去。阳光透过宽大的玻璃窗洒进走廊,十分耀眼。雏步逆着光线眨了眨眼睛,隐约看见两个通体雪白的人影,正在朝这个方向低头致意……好像在哪里有楼梯,那两个人走了下去。俨然两个幽灵,却一点都不让人觉得害怕。

回到房间,雏步被轻轻地放到铺位上躺好。人都这么亲切,气氛又那么神秘,雏步忍不住再次发出疑问:"这里,叫什么?是做什么的?"

玛利亚的脸上浮现出一丝惊讶:"这里,现在就是你的家啊!"

啊?看着雏步的反应,玛利亚肯定地点着头。

"其他的事情啊,最好直接去问把你救回来的人咋呐么唏。"

玛利亚丢下跟小卷完全一样的答案,离开了房间。

不知又睡了多久,雏步再次醒来的时候,惊奇地发现旁边端坐着一位瘦长脸的年轻男子,一头干净利落的寸发，看上去是二十岁左右。

年轻男子身穿一件白衬衫，一双细长的眼睛正冷冷地俯视着雏步。飞朗的形象是一位理想中的王子，而眼前这个人……虽然很帅气，但是看上去似乎性格刁钻傲慢。初见时相互排斥，却总是会被命运牵扯在一起，渐渐地开始互相吸引……嗯，中学生经常幻想的爱情故事中的另一个版本，似乎更适合眼前这位。

事出突然，雏步有些狼狈，正在她不知道该说什么的时候，对方先开口了："请让我帮你测一下体温。"

声音沙哑，直接而生硬。在外人面前高冷刻薄，两个人单独相处的时候就变得羞涩拘谨——少女漫画最擅长的一种人设，傲娇型。看上去不像是护士，但从年龄来看又不应该是医生。雏步正在脑中信马由缰地展开想象，却见他动手掀开了自己的被子，干干干干干干什么……雏步不由自主地将双手护在胸前。

傲娇哥见此情形，无奈地叹了口气，似乎在说：你这是在故意难为人吗宝贝？——他将体温计递给雏步道:"那,请你自己来测。要好好地插入腋下。"

雏步在心里反驳他说,难为人的是你才对吧?她重新盖上了被子,将体温计夹在了腋下。哔哔、哔哔,只听得微弱的电子音响起,雏步把手伸出被子,将体温计还给他。

"38.8℃。"

傲娇哥向着雏步脚边的方向汇报道。

一个身穿白衣、面容慈和的半老男士探身向前,与他交换了位置。

"喔喔,体温很高啊。让我看看你的喉咙好不好?啊——请张开嘴。"

雏步紧紧抓着被角,警惕地抬头看着这位头发已经开始稀薄的男士。

"医生,看来这孩子还不明白是怎么回事,所以很戒备。"

傲娇哥用冰冷的口吻对半老男士说道。

"喔喔。不过,也难怪。"

像猫头鹰一样喔喔鸣叫的半老男士点了点头:"我是富永医生。我的诊所就在这附近,主要看内科、儿科、老年科,也为那些选择居家治疗的癌症患者出诊,但是如果有其他科的看诊需求,也都可以接诊。我最擅长看精神科哦!不用什么特殊的治疗,只要聊上一阵子……大多数患者都会觉得,什么嘛,这么吊儿郎当的人也能当医生啊!然后呢,就会觉得自己的那些烦恼都很无聊,就会好了哦!嚯嚯嚯……"

富永医生又发出了猫头鹰一般的笑声。傲娇哥在一旁提醒他道:"医生,您又跑题了。"

"嚯嚯!也就是说,昨天我就来给你看过病了呀,不记得了吧?"

在旧遍路道的某处被大雾包围,遇到了一位不像是凡间会有的女子。雏步的记忆在那时就中断了。

"昨天傍晚还没发烧,只是脚上的伤有点严重,但也没到需要缝合的地步,所以,就上了一些药,防止感染化脓,包扎了绷带。还有就是脸上和手上,有几处割伤和划伤,出血的部位都贴上了创可贴。医疗处置是我做的,但是创可贴都是他贴的哦。别看他外表冷漠,其实是个非常温柔善良的孩子呢!"

猫头鹰医生介绍着守在自己身后待命的青年，接着说道："他不是护士，也不是小卷那种准护士。他在我这里做助手，名字叫幸男，现在是以一个男子的身份在生活。但是户籍上的性别却是女性。好了，我就介绍到这里。那么，请张大嘴——"

雏步一心以为对方是爱情幻想角色的三次元立体人物，当她听说他在户籍上居然是女性，吃了一惊，呆呆地张大了嘴，猫头鹰医生趁机将某种金属器具压在她的舌头上，用光照向喉咙深处。

"嚯，有点红啊。咳嗽吗？"

雏步摇了摇头。她还是不能相信对方居然是个女孩子……

"不咳嗽。嗯。那让我来听听肺音怎么样？隔着衣服就可以。"

这时，那个被称作幸男的人上前一步，再次靠近雏步，看着她。啊，眼睛还是内双呢，真是个冷美人……雏步有些看呆了。

"可以扶你起来吗？"

幸男用不带感情的声音冷冷问道。

雏步点了点头。刚刚还误以为你是傲娇哥,对不起……

"那么,得罪了。"

幸男掀起被子,把手臂伸到了雏步的背后。雏步还来不及觉得害羞,上半身就被扶了起来。雏步发现,自己睡衣的下面穿了一件背心代替胸罩。不是她自己的。也许是小卷姐姐的吧。

猫头鹰医生隔着衣服,将听诊器贴了上去,指示雏步深呼吸。

"肺部没有问题。做一个链球菌检查吧。最近链球菌感染比较多发。请你再张开嘴好不好?"

医生将棉棒伸向了雏步的喉咙深处,轻轻地探了探内侧,然后拿出来递给了幸男。

"大概十分钟以后会出结果。我先去跟大老板娘打个招呼再来。"

"还要去看下一个病人,请您不要耽搁太久,强迫人家听口琴演奏。"

幸男动作熟练地操作着一个类似检测仪的东西,说道。

猫头鹰医生嘿嘿嘿地笑着，拍了拍幸男的肩膀，站起身来。

"富永医生。"

一直守在雏步脚边的一位身量小巧的白发女士开口说道。只见她淡粉色的衬衫外面也披着一件藏蓝色的法披。

"可以让雏步吃一点东西吗？有煮好的苹果和蔬菜汤。"

"嚯，没问题啊！补充营养也很重要。如果是尚子做的汤，一定鲜美得很，连我都想喝了呢！"

猫头鹰医生走出了房间，雏步依然半坐半倚在那里，被称作尚子的白发女士端着托盘来到了她身边。

"也许不太合胃口，但是多少吃一点，补充些营养。"

尚子语气温和地说着，用白瓷勺捞起一块煮苹果，送到了雏步的嘴边。一股非常好闻的香气萦绕在雏步的鼻尖，她完全想不起还有拒绝这一选项，乖乖地张开了嘴。原本应该是脆硬的苹果果肉，绵软地融化在舌面，一种酸酸甜甜的味道在口腔中扩散开来。果肉顺溜溜地滑进了喉咙深处,雏步不由自主地又张开嘴,迫不及待地等着下一口的到来。

"再喝点汤。"

尚子端起陶瓷杯,将汤喂进雏步口中。

刚才听到是自己最不喜欢的蔬菜汤,雏步还满心戒备。然而,当舌头被一种浓郁的风味席裹,综合了多种味道和香气的鲜汤从口腔咕噜一下滑到喉咙里时,她感觉这口汤似乎让自己元气大增。

猫头鹰医生回来的时候,雏步已经吃光了苹果,汤也喝得一滴不剩。刚好检查结果也出来了,医生看了看幸男递过来的试剂盒:"嚯嚯,链球菌阳性。应该就是产生高热的原因。没关系,服用一些抗生素,体温很快就会降下来。好了,我就在此献上一曲吧。"

猫头鹰医生从白大褂的口袋里掏出了一只口琴。

怎么回事?为什么要在这里吹口琴……还没等雏步表示疑惑,耳边就响起了《红蜻蜓》的旋律。怀旧的曲调在房间中缓缓流淌。一曲吹罢,猫头鹰医生放下口琴,深谙一切般地说道:"十五岁的小姐姐，嫁到远方①……十五岁的雏步，来到此乡，啊！"

医生接着说了一句"请多保重"，便站起身来。

等等等等一下，为什么连我的年龄都知道……雏步张大眼睛，目光飘忽游移，就在这时，只听得幸男突然发出指令："请把嘴张开，不是眼睛。"

雏步茫然地张开嘴，将递过来的胶囊药丸放在了舌面上，尚子递来一只水杯，雏步就着杯中的水把胶囊吞进肚里。

吃了药以后，雏步马上又开始犯困，很快就失去了意识。

即便在黑暗深处，她隐隐约约也听得到各种响动，其他房间的门开开关关，人在走廊里走动，互相寒暄……

不知过了多久，雏步再次醒来时，发现穿过窗帘的阳光犹在，而旁边的那套铺盖已经被整理好，不见人影。

---

① 源自日本童谣《红蜻蜓》中的一句歌词："十五岁的小姐姐，嫁到远方，别了故乡久久不能回，音信也渺茫。"

雏步开始对这个地方产生了一丝怀疑。见到的所有人都那么亲切，难得倒是很难得，但是她不明白到底是为什么，因此也更加感到不安。只有那个名叫飞朗的王子型帅哥问过自己，雏步两个字怎么写，姓什么，其他人都不曾问过任何一个私人问题。但是，为什么会知道她的名字叫雏步，也知道她的年龄是十五岁呢？她身上应该没带任何可以证明身份的东西，这究竟是怎么一回事？

应该是遭到通缉了吧。那种会在雏步的照片下面写有"凶残杀人犯"字样的通缉令，警方是不是都分发到各地了呢？也许，飞朗是为了确认，所以才问自己的姓氏，也许，他什么都知道了……

啊！糟了……雏步突然倒抽一口冷气。

警察用的是哪张照片啊……

如果是最近的照片，那应该是音乐节的时候，在新转进的中学里拍的集体照。自己因为讨厌照相，所以就低着头，结果那个不懂体贴的摄影师居然说，那边那个女同学，是不是掉了一百块钱在地上啊？拍完了再捡也来得及，先把头抬起来哦！结果惹来大家一片哄笑。最后拍出来的照片也糟糕透顶，自己看上去就像是在对摄影师，也就是镜头翻白眼。如果通缉令或者新闻里用的是这张照片的话——"这家伙，看起来就坏得很嘛！""肯定是她干的！少说也得有五个人被她杀害！（笑）"——再配上几幅高举斧头或者电锯之类的恶搞漫画，一定会扩散到全国。

那么，自己的哪张照片可以示人呢？比如，如果让这里的人看到的话……雏步开始在记忆中搜索自己觉得满意的照片。

一直都刻意躲开镜头，尽管勉强拍了照片也绝对不肯笑一下。如果说露出笑容的照片，是啊……她想起那还是在自己小的时候，扎着小辫儿，身穿节日庙会的法披，站在崭新的神轿前——那是爸爸给自己拍的照片，如果是那张就好了……

可是那张照片已经没有了。不只是那一张。从出生以后到某个时期之前，自己一直过得很快乐，但是记录了那些快乐的照片全都从这个世界上消失了。

如果被抓捕，被判死刑的话，那就永远都不会有带着笑容的照片留在世上了……想到这里，雏步心里十分不甘。她不愿意用那张对摄影师翻白眼的照片作为终结。好歹也是人生最后的影像，起码得有一张笑脸才行。如果可以的话，应该留下一个真诚的笑容在照片上。

所以……雏步做出一个决定：离开这里，从这里逃出去。

如果逃走了，这里的人会不会很为难。也许会觉得很失望吧：待她那么好，她却自作主张偷偷跑掉，算什么人嘛。小卷、飞朗、花凛、玛利亚、尚子还有猫头鹰医生和幸男……一想到会让这些人为难，会让他们失望，雏步就觉得特别难受。

而且，还有一个人。

在乳白色的雾中遇见的那个人。救了我，把我带到这里的那个人。为什么到现在还没见到她呢？好想再见到她一次。雏步有一些说不出的感觉，她想起，那个人的身上有一种不同于其他人的温暖。

可是，还是走吧……我，是一个杀人犯啊。

雏步又半坐起来。虽然依旧有些头晕，但也许是因为吃的药比较管用，她感觉身体好像轻快了一些。

去哪里呢……我去哪里才好呢……雏步绞尽脑汁，不自觉地说出声来："我有去处吗……"

"有的咗呐。"

一个深沉的声音，带着这一地区特有的语调回答了她。

雏步一惊，急忙向发声处看过去。只见一个人静静地端坐在房间的一角，身穿一件白地红线花纹的衣服，打扮得就像正月新年时在神社中见到的巫女①。

她的头发与其说是全白，不如说是一种很有光泽的银色。结成发髻的一头银发，似乎在宣示着她的高龄，但是当你注意到她的脸，那端庄的口鼻，特别是一双炯炯有神的眼睛，富有弹性的肌肤，又让她看上去好像只有五十多岁。只见她正笑盈盈地看着雏步，神态慈祥。

"是这里啊。你的去处，是这里咗呐。"

这是谁？是真人吗？恍然之间，雏步以为自己高烧下出现幻觉，凭空创造出了一个脱离现实的人

---

① 巫女，又称为神子，是日本神社中的神职人员之一。巫女通常身穿白色上衣及红色绯袴的巫女装束，代表清新、神圣、无垢之传统形象。

物。她紧紧闭上眼睛，然后又睁开双目看过去。对方还在……

"不要胡思乱想。既然留宿在此，住下来就是。"

什么？熘蔬菜？……是指蒸熟的南瓜和胡萝卜？

"傻孩子，不是熘蔬菜。是让你留在这里，住下来。"

哦，是这样……雏步明白是自己听错了。但是，哎？她马上又对自己的记忆产生了怀疑，怎么回事……刚才我把熘蔬菜说出来了？

"不要想那些有的没的。你呢，为了到这里来，之前一直都是在旅行咗呐。那里有尚子煮的苹果和汤。吃完之后再把药吃了。"

雏步听她一说，才注意到自己的枕边。只见白色的陶碗和杯子里，有刚才吃过的那种煮苹果和蔬菜汤。她想起了它们的美味，便忘记了身边还有人，捧起碗，抄起瓷勺，狼吞虎咽地把苹果送到嘴里。

哇哦，果然美味。雏步一口气吃掉一碗苹果，又拿起了汤杯。汤大概特意冰镇过。口感特别好，一眨眼就喝干了。

"我吃好了。"

雏步对着空杯空碗低头致谢,才想起来刚才坐在旁边的那个人。她扭头看过去。

那里空无一人。她甚至不记得自己听到过脚步声和开关门的声音。难道自己吃得那么专心致志?

雏步满心疑惑地拿起托盘上准备好的药丸,用杯中的水送入肚中。

五

也许是胃囊得到了抚慰,雏步暂时忘记了逃跑的念头,再次躺倒,不知不觉又睡了过去。突然一阵内急催醒了她。

不好!她来不及多想什么就用手撑着坐起来。居然毫不费力地就起来了。脑袋昏昏沉沉的状态也好了很多,没那么晕了。

她扶着墙壁试探着站起身来。左脚脚尖和右脚脚后跟的伤口大概比较深,重心放上去就会感觉很痛,但是用另一侧就没什么问题。雏步扶着墙壁向前挪动,轻轻地扭开了门把手。

走廊尽头那扇大窗户的采光效果很好,走廊里一片明亮。不见人影,也听不到任何响动。

雏步根据记忆辨认着方向，朝窗户的相反方向沿着走廊走到头，右转，再马上左转，就是女洗手间，再往前是男洗手间。以自己的状况，走过去会很花时间，雏步索性跪趴在地，手脚并用地爬了起来，她顺着走廊转了弯，一直爬到了绘有红鸟图案的女洗手间门前，扶着墙壁站起身来，打开门，走了进去。

上一次没发现，洗手间里的窗户居然这么美。雏步的目光顿时被花窗玻璃吸引住了。只见在岩石包围着的一池泉水中，有只白鸟在浸浴。画面是用精致细腻的彩色玻璃拼出来的。雏步想慢慢欣赏……但是内急当前，她穿上拖鞋，靠住隔间的门慢慢倒进去，利用里面的扶手，终于成功地坐到了便座上。

万幸。雏步松了一口气。她又坐了一会儿，呆呆地想着：这里，真有点不错呢。不用去上学，也不用被亲戚使唤来使唤去，做那些自己不情愿做的事情。大家都这么和气，东西又那么好吃……让人别无他求。正因如此，也会让人觉得奇怪。是不是有什么阴谋?那种趁坏人放松警惕,就一举抓获之类的……可是,在我完全不能动的状态下,给我戴上手铐,或者用绳子捆起来,不是更方便吗……

雏步想起那个穿得像一个巫女、满头银发、身份不明的神秘女士笑盈盈地对自己说的一句话:"你呢,为了到这丨来,之前一直都是在旅行咋呐。"

究竟是什么意思呢?

这个地区,稍微有点年纪的人,说话时句尾总是会加上个"咋呐"。什么什么咋呐似乎就是什么什么啊的意思。好像更早些时候,后面还要再加上个"么唏"才算完整,"什么什么咋呐么唏"才是最正式的表达方式。夏目漱石的小说《哥儿》①里面,也出现过这种当地人的语言。

这部小说,是雏步在去年刚刚转过来的那所中学里上国语课时学到的。几乎什么课都听不进去的雏步,独独在学习这部小说时产生了兴趣。其中有

---

① 《哥儿》是一代文豪夏目漱石早期创作的一部中篇小说,以一个物理学校毕业后到松山乡下任教的男青年的个人经历为故事主线,后文中提到的"哥儿列车""哥儿报时钟"等,都是因在《哥儿》中被提及而得名。

一个原因是，从东京搬到乡下的那位当老师的哥儿，说了很多针对学生和当地人的坏话，说他们都是狡猾的乡下人，总之印象很坏。没错没错……雏步完全同意哥儿的看法。在学校里受同学欺凌，还要承受亲戚对她的摆布，一切都跟哥儿说的一模一样。

而本地人也真的让人搞不懂，从点心小吃到交通工具甚至球场，很多地方都会挂上哥儿的名字。自己在书中被贬损成乡下土包子，却对这样的小说和作家如此看重，到底是为什么呢？雏步觉得好奇怪。但是……用这样的名字，就容易被人记住，商品也会好卖，而对于漱石先生来说，小说也一直会有读者，倒是没什么损失……等她意识到这一点后，就渐渐开始对这门课不那么投入了。

搬到爱媛县，在现实生活中第一次真正听到"咋呐么唏"，其实是之前听玛利亚说的。不过在玛利亚的方言当中，有一种非母语的生硬。相比之下，猫头鹰先生和神秘巫女所使用的方言，才具有土生土长的本地人所特有的自然流畅，就算听不懂是什么意思，也能感受到包含在语音当中的温度。

可是，话说回来，这个"咋呐么唏"到底是个什么么东西啊……是不是"咋呜么唏"——"象鼻虫"①的口误？

你，为了到这里来，之前一直都是只旅行的象鼻虫。

我是象鼻虫？旅行的象鼻虫……是呢，还真不如做一只象鼻虫……不会被任何人横加干预，悄悄地生活在森林深处。在落叶和枯枝下面躲避风雨，没有任何人会打扰自己，也不会惊扰任何人，只要能静静地活下去，就很好。

所以……还是回到那座森林中去吧。路上曾经经过的那座森林，就分布在旧遍路道的两侧，悄悄地藏在那里就好。虽然不知道自己在那里能不能活下去，但现在暂时能想到的只有它了。

雏步站起身来，出了洗手间。一到走廊，她又开始四肢着地、手脚并用地爬了起来。回房间的话，要在前面的走廊拐角转过去……雏步忽然停止动作，

---

① "象鼻虫"的日语发音近似"咋呜么唏"。

屏住了呼吸。她感觉走廊那头有人。有脚步声，还有房门打开的声音。听得到低低的说话声，语气听上去好像有点生气。雏步突然觉得这么静止不动反而更害怕，便继续前行，爬到了走廊的拐角处，小心翼翼地探出了半张脸，查看走廊那头的情况。

在透过走廊尽头的窗户照射进来的光线中，似乎有一个奇怪的身影，从走廊侧面的某个房间中走了出来。

大猩猩？那个体格壮硕的身影微微前倾，袖口垂下来的左手中拿着个袋状物，又进了隔壁房间。右臂只看到袖子，却看不到手。

这个不知是大猩猩还是人的家伙，似乎在房间里找什么东西，听得到窸窸窣窣的响动，以及发泄不满的声音，好像在说："又搞这些……"影子又出现了。手上拿的袋子掉在了走廊的地上。被捡起来的时候，袋口张开，里面掉出了纸片状的东西和几枚硬币。虽然隔得有点远，但可以辨认出那几片纸是一万日元和一千日元的钞票。

小偷？雏步感觉对方似乎注意到了这里的动静，

猛地缩回了头。一定是悄悄溜进来的小偷，到各个房间翻找值钱的东西。

怎么办？装作没看见？这里的人救了自己，每个人对自己都么体贴，能不管吗？可是，自己哪有力气跟大猩猩般的对手交战呢？

房间里又传出一阵翻找声。马上就会盯上小卷姐姐的房间。对方要是个变态怎么办？小卷姐姐的房间里一定会有她的衣服和内衣。她对我那么好，现在眼看着她的重要物品就要被偷走，能不管吗？你能原谅这样的自己吗？雏步……

"不能——住手！小偷——"

雏步大叫着又从走廊探出头来，冲着里面的楼梯喊道："快来人啊！抓贼啊！"

说时迟那时快，只见那个像头大猩猩似的贼，不、那头像个贼似的大猩猩……嘻！总之就是那个贼猩猩最先从房间里飞奔出来，比任何人都快。他四下看了看，发现了雏步，盯住她看着。因为逆光，勉勉强强能看到他睁大眼睛，宽扁的鼻翼呼扇呼扇，一张一缩，喘着粗气。他从喉咙里发出某种声音，耸着肩朝雏步逼近过来。

雏步使出全身的力气高喊。她身体僵硬，无处躲藏，只能恐惧地睁大眼睛，一次又一次地发出尖叫。

远处传来呼喊，有人在叫自己的名字。

"雏步，雏步，怎么了？发生什么事了？"

在那个渐渐逼近的身影背后，闪耀着白色的光芒。光芒逐渐扩大，变成了大鸟的翅膀。

"雏步。"

在、在这儿。雏步语不成声，只能拼命地举起手来。

白色的大鸟赶走了黑影，在雏步的面前张开了羽翼。那个在乳白色的雾霭中遇见、坚强与宽容兼具、冷静与温暖并存、雏步理想中的女性的脸出现在雏步眼前。她温柔地把手放在雏步的肩上："怎么了？发生了什么事？"

雏步一下子说不出话来，只顾呆呆地盯着对方的面孔看。

女人回头看了看刚被自己驱赶到走廊角落的那个身影。只见贼猩猩耸了耸肩："不晓得咋回事，这位姑娘突然就喊着说有小偷,然后就尖叫起来……"

贼猩猩瓮声瓮气、满脸困惑地说道。雏步不解地眨着眼睛。

"你看到小偷了?雏步?"

女人又转过脸来看着雏步。

雏步怯生生地伸出手臂,指向贼猩猩……先生。贼猩猩先生指指自己的鼻尖:

"啊?俺?"指向自己的那只手,手腕上还挂着个袋子。

"挨个房间都进,拿钱……"

雏步开始意识到,这个家伙不仅不是什么大猩猩,也不像是个坏人……但她还是指了指他手中垂下的袋子。

眼前的女人看了看雏步,又看了看那个人,松了口气。她放松了肩膀,精芒闪烁的双眸瞬时柔和下来。刚才紧闭着的嘴唇微微开启,露出洁白的牙齿。

"这位呢,是阿猪先生。他是这个家中非常重要的一员。虽然看着凶,其实他特别和气,不用怕哦。"

这时，那个被叫作阿猪先生的人，突然拘谨了起来，他不好意思地伸出左手挠了挠头。阿猪先生大概已过五十，头发剃得短短的，穿着黑色的T恤和棉布裤子，与玛利亚他们一样，他的上身也披了件藏蓝色的法披。右臂好像原本就不存在，只留一条宽大的袖子空荡荡地摇摆。

"惭愧惭愧！姑娘受惊了。俺姓猪彦，是个粗人，像头野猪一样不懂得看周围，一门心思只顾着向前冲。虽说是一根筋，但不管遇到什么麻烦事，俺都帮得上忙，所以有啥事就尽管说，不必客气。现在，姑娘有啥需要的吗？"

既然这样……那么我有事情想知道。雏步目不转睛地看着眼前的女人，嘴上却在回答阿猪先生的问题："这位……是谁……还有，这里，是什么地方？"

"哎？还没有人告诉你吗？"

女人有些意外。这时，只听得咔嗒咔嗒一阵响，从雏步的身后传来拉门滑开的声音，外面的光线涌溢而入，倾泻在走廊上。雏步面前的女人突然沐浴在光线之下，面庞熠熠生辉，阳光似乎有些刺目，她眯细了眼睛微笑着。

"啊,老板娘。正好,我把雏步的被子晒一晒吧?"

听到背后有人提到了自己的名字,雏步回过头去。只见拉开门的花凛背对着光线,站在门口。外面好象是晒衣场,已经晒着好几套被褥。与此同时,玛利亚出现在里面的楼梯口,大着嗓门汇报道:

"老板娘——有电话找您咗呐么唏。"

紧接着,尚子也从玛利亚的身旁探出面孔:

"老板娘,请您过目一下采购单好吗?"

"别,大家都请稍等。电话呢,也请对方等一等,请他们回头再打过来好了。"

阿猪先生对请示工作的女人们说道。"俺呢,现在必须回答这位姑娘一个重要的问题。"

迎着光,阿猪先生的面孔清晰可见。他眉毛吊起,目光严肃,从右额到眼角有一道很明显的疤痕。这张脸如果发起怒来似乎会变得很可怕,但现在却是一副平静的表情,甚至还带着些可爱的气质,他看着雏步:"好勒!姑娘,俺要开始讲古咯,可要仔细听哦——"

怎么回事……还没等雏步发问,阿猪先生就把挂在左手上的袋子放到走廊的地板上。

"好!恭候多时了!"

花凛不失时机地叫起好来。只见阿猪先生舞蹈一般晃晃悠悠地转过身去,背对着雏步,他手臂抱在身前,咕咚一下直接坐在了走廊的地上。雏步这才第一次见到阿猪先生和其他女士身穿的法披背后的图案。在藏蓝色的素底上,一只白色的大鸟正在展翅飞翔,下面用一种独特的平假名字体写着"鹭屋"几个字。

"欲知究竟,且听俺从、头、道、来。"

只听得阿猪先生用戏剧般的语气朗声开场——

"话说距今三千年前,不,应该在更久以前,少彦名命①突然身染重疾,长卧不起,大国主神抱着他,将他带到了最早由鹭鸟发现的灵泉。少彦名命

---

① 少彦名命,乃《日本书纪》之写法,《古事记》中作少名毘古那神,是日本神话中的神祇。据《古事记》记载,少彦名命与大国主神合力建国,直到国家安定后,他就渡海去了常世国。

浸浴在泉水中,温暖身体,治疗病痛,终于康复。他开始感到疲倦,觉得饥饿,便四下查看,希望能找到些什么。就在此时,一位少女突然出现在他的面前,为他引路。神灵慧眼通天,看出这位身材苗条、皮肤白皙的少女,正是由天神花园中的雌鹭转世而来。少女将少彦名命引领到一座小小的庵堂,款待他,照顾他,这就是鹭屋的起源。岁月漫长,人世间经历了战乱、饥荒、天灾、瘟疫的考验,各种磨难在人间周而复始,不断循环。这栋房屋代代相传的守护神,就是美丽的老板娘。她们将神明和鹭鸟之间的约定带到了未来,千百年如一日地去迎接那些体会过人间哀苦的人,去款待那些疲于活命的人,抚慰他们,鼓励他们,赋予他们活下去的勇气和力量。"

阿猪先生的声音在走廊里回荡着,在雏步听来很是悦耳。又见阿猪先生呼地一下张开左臂,看上去就像是法披上的鸟张开了翅膀。

"如果以侍奉神灵的老板娘为初代,那么接待邪马台女王卑弥呼①的老板娘就是第十代。有灵泉的福佑,每一代老板娘都长命久寿。第十五代老板娘接待过耳有十闻之聪、目具观世之慧的圣德太子②;第十七代为吟哦着'乘船熟田津',到道后等待月出的额田王③奉上过膳食;弘法大师空海④取经归来,巡游四国开设灵场,来到著名的灵泉拜访鹭屋,第二十五代老板娘叩首相迎;第四十五代老板娘于坛浦之战⑤时照料过平家的落武者,也帮助为兄追杀的义经⑥藏身,助其逃脱;而运庆⑦将一对气势恢宏的阿吽之息金刚力士雕像奉纳给石手寺时,同样也是第四十五代亲往接待,以慰辛劳;而第五十代,又

---

① 邪马台是《三国志》中《魏志》倭人条(通称《魏志·倭人传》)记载的倭女王国名,卑弥呼即邪马台国女王。
② 圣德太子(574—622),日本飞鸟时期思想家、政治家。
③ 额田王,日本7世纪左右伊贺出身的才女,美丽贤淑,多才多艺,是当时最负盛名的女歌人。
④ 空海(774—835),俗名佐伯真鱼,谥号弘法大师,日本佛教真言宗创始人,于公元804年作为学问僧随遣唐使入唐学法。
⑤ 坛浦之战,又称坛之浦合战,源氏和平氏之间的最后一次战役,于1185年3月24日在关门海峡的坛浦(今山口县下关市)开战。
⑥ 源义经(1159—1189),日本传奇英雄,平安时代末期的名将,被同父异母的兄长源赖朝猜忌并通缉,后自尽而亡。
⑦ 运庆(?—1223),日本镰仓时代的僧人。

与生在本地的时宗之祖一遍上人①两小无猜,曾在道后的山路上竞逐赛跑……"

阿猪先生正要继续说下去,却喉咙发干,咳嗽了起来。

"尚子,拿点水来。阿猪先生,别再说了。"

雏步面前的女人轻抚着阿猪先生弓起来的后背。

"不,俺没事。见谅见谅。还有一些没讲完。要不就稍微简略一点。这位姑娘,请容俺略去一二。"

阿猪先生又一次伸直了背筋,清了清嗓子继续道:"弘法大师开拓了巡游灵场的朝圣之路,在室町时代之前业已成形,世阿弥②也曾为此欢祝起舞。一代又一代的老板娘迎来送往,客人数不胜数,熬过饥荒的苦难,战国时代也不离不弃。无论信长、秀吉还是家康③,欲使鹭鸣,不必强之待之,白鹭自会在此相迎。时过境迁,江户时代终遇太平盛世,西

---

① 一遍(1239—1289),本名不详,日本镰仓时代中期僧侣,创立时宗后开始技称为一遍,尊称"一遍上人"等。
② 世阿弥(1363—1443),日本室町时代初期的猿乐演员与剧作家。
③ 即织田信长、丰臣秀吉和德川家康,是日本战国时代末期为统一日本做出杰出贡献的三位战国大名。

鹤、近松①为人津津乐道，源内、玄白②也成为学习的典范，北斋、歌麿、一茶、芭蕉③更让普通百姓也能展现多彩风姿。以圣地巡礼为由，这里成为人生必到的灵泉。人生多忧多患，用温泉洗去疲惫和泪水，在鹭鸟的家中尽情酣睡。任时光荏苒，风云变幻，只有鹭鸟一如既往，亘古不变。"

尚子倒了一杯水递了过来。阿猪先生一口饮尽：

"第七十四代曾让龙马与晋作④，谕吉及海舟⑤为之倾倒，陷入多角之恋；第七十五代又让年轻的漱石和子规⑥同时堕入情网，管他吾辈究竟是恋爱猫⑦

---

① 即日本小说家、俳谐诗人井原西鹤（1642—1693），净瑠璃（木偶戏）和歌舞伎剧作家近松门左卫门（1652—1724）。
② 即江户时代的博物学者、发明家等平贺源内（1728—1780），医者杉田玄白（1733—1817）。
③ 即日本画家葛饰北斋（1760—1849），浮世绘画家喜多川歌麿（1753—1806），俳句诗人小林一茶（1763—1827），俳句诗人松尾芭蕉（1644—1694）。
④ 即日本明治维新时代的维新志士坂本龙马（1836—1867）和高杉晋作（1839—1867）。
⑤ 即日本近代著名思想家、教育家福泽谕吉（1835—1901），明治维新的元勋胜海舟（1823—1899）。
⑥ 即日本近代作家夏目漱石（1867—1916），俳句诗人正冈子规（1867—1902）。
⑦ 《我是猫》（吾輩は猫である）是夏目漱石的代表作之一。

还是啼血之杜鹃①；时代继续推进，第七十六代又遭遇了残酷的战争，尝尽了撕心裂肺的血泪之苦，这朵志向高洁的悲恋之花，懂得隐忍、坚持，咽下苦楚，微笑迎宾；此地最终变成一片焦土，贫穷折磨着百姓。当某处升起可怕的蘑菇云，第七十七代为救助遭难的民众而粉身碎骨，献出了生命，她的纯真变成永恒。尔后，战争终于结束，太阳升起，在充满希望的战后生活中，未曾去迎合那些春风得意者，而是去关注那些居无定所、生活悲惨的无名百姓，去靠近他们，伸出援手，重建倒塌的房屋的，正是我们第七十八代女主人。她拥有可以洞见未来的千里眼，至今，依然是这里的守护神。"

"喀喀！"不知从哪里传来一个人的咳嗽声。阿猪先生缩了一下脖子，然后又意气风发，重新摆正了姿势。

"那么，马上就要收尾了。请用心听。令人敬重的前任老板娘——第七十九代，让所有人都蒙受过

---

① 正冈子规1889年因患结核病咯血后，取意杜鹃啼血，改号为子规。

恩泽，人们爱戴她、珍惜她，她的事迹不可尽数，且待日后再表。而继承了事业的现任，优雅无比，美貌无双，心胸宽广似大海，意志坚定如高山。只有她，才是前任老板娘能够放心托付的人。这座家宅，从神圣的鹭鸟时代开始，经历了三千多年的历史，如今的掌门人，便是鹭屋的第八十代女主人，啊，就是这位。"

阿猪先生转过头来，眼睛看着雏步，伸出的左手却指着雏步面前的女人。花凛嘭的一声拍击着拉门的门板，玛利亚从走廊的那一头高声喝彩：

"咿哟！日本之冠。"

雏步睁大了眼睛重新打量着眼前这位刚刚被隆重介绍的女性。阿猪先生这一段长长的讲古气势非凡，雏步深感震撼，虽然记不住全部内容，但是开头和结尾却留在了心里：

"也就是说，这里是一家客栈，名字叫作鹭屋，您是第八十代老板娘，对吗？"

"虽然是间客栈，但是从很久很久以前开始，我们就把这里叫作家。"

女人微笑着回答她说。

"还有,平时就不用称呼第八十代。只叫老板娘就可以。"

阿猪先生站起身来对雏步说道。

"……老板娘。"

雏步盯着对方叫了一声。

"哎。请多关照哦!雏步。"

老板娘笑着,突然把自己的额头抵在了雏步的脑门上。

"哎呀,烧退了呢。太好了。"

可是雏步的嘴唇感受到了老板娘的呼吸,她觉得自己的脸颊有点烫。

"要是感觉还好的话,要不要下楼看看?一直躺在房间里睡觉很闷吧?你脚上有伤,让我来背你好不好?"

老板娘在雏步面前蹲下,将后背朝向了她。只见她穿在白色和服外面的法披上写有"鸳屋"几个字。那么纤细的身材,背影看上去却非常挺拔结实,像一名健康而富有韧性的运动员。

"要不还是俺来背吧!还得下楼梯呢。"

阿猪先生也把后背朝向了雏步。

"人家是女孩子,还是我来最合适。"

玛利亚从走廊那头走了过来。

雏步目不转睛地看着老板娘的背影。只见她光泽的秀发拢在一起,在脑后绾成一个圆圆的发髻。衣领雪白,身上散发出一股甜牛奶一样的芳香。雏步本来就蹲在地上,便就势扑了过去,紧紧地抱住了老板娘的后背。

"哟!"

老板娘虽然被雏步突如其来的动作吓了一跳,但依然背着她,稳稳地、笔直地站起身来。

"那么,我来带你参观一下咱们鹭屋。"

六

那还是在刚上小学之后不久发生的事。

雏步曾在游乐场中走失过。先是和哥哥一起离开了爸爸妈妈的身边,最后玩过了头,跟哥哥也走散了。等她反应过来时,发现只剩下自己孤零零一个人。雏步吓得哇哇大哭,见到有人靠近询问也只会慌忙逃开。迷茫之间,突然她整个人都被抱了起来,就像飘浮在半空。"跑哪儿去了,大家都急坏了。"而抢在话音之前,一股熟悉的暖意和甘甜的气味,就已经让她明白:妈妈来了。她全身都放松下来,心里也被温暖填塞得满满的。

那时所体会到的安全感,如今她在老板娘的脊背上又一次体会到了。

在被老板娘背起来的瞬间，雏步那个装有重大秘密的盒子也稍微裂开了一条缝，另一段记忆跟着浮现出来。

大概是五六岁的时候，有一次，雏步在公园里跟爸爸玩鬼追人的游戏。轮到雏步当鬼，她飞奔着去追赶爸爸，却一下子绊倒在地，被玻璃瓶的碎片割破了左手手掌和右膝。爸爸见状飞快地跑过来，嘴里还怒吼了一声："混蛋！"雏步委屈地哭了起来，跟伤口的疼痛相比，爸爸的斥责更让她备受打击。周围的路人想帮忙叫救护车，爸爸谢绝了，说还是自己跑去更快。他背起雏步，一口气跑到了附近的诊所。幸好伤口比较浅。结束治疗后，雏步在候诊室里向爸爸道歉。爸爸先是一愣，然后突然明白过来："爸爸没有骂你，是在骂那个乱扔瓶子的人啊，打破了瓶子丢在公园里不管，这种行为才是混蛋。对不起，吓到雏步了。"爸爸摸着雏步的头，反过来向她赔不是。回家的路上，爸爸一直背着雏步，嘴里不成调地反复唱着："比救护车还快，比救护车还快。"

伏在爸爸的背上，雏步在既安心又快活的气氛中渐渐感到困倦……那段记忆，在被老板娘背起时又复活了。

雏步突然想放声大哭。但是她想到阿猪先生和玛利亚他们都在，就忍住泪，把额头抵在了老板娘的后颈上。

"雏步，不舒服吗？要不，还是回房间躺下？"

老板娘大概觉察到雏步的动作有些奇怪，关切地问道。

雏步仰起脸来，摇了摇头。

"鹭屋的介绍，就等下次再说吧？"

"不……我有在听。"

雏步轻声回答道。是的，她有在好好听。

这是一栋二层建筑，上了楼梯，就能看见走廊两侧各有六个房间，每个房间都是六叠大小。再往前有洗手间，雏步已经熟门熟路。但她没有注意到，在洗手间的对面还有两个房间。一个是仓库，用来收纳毛巾床单等住宿和生活的必备品。另一个是杂物间，清扫和维修工具都放在那里面。

"花凛，请把晒台的门全都打开好吗？"

应老板娘的要求，花凛上前将木板门拉到了底。

门外有五级宽阔的木台阶，上了台阶就是轩敞的晒台，地上铺的是木地板。晒台上就像刚才雏步看见的那样，晒着几套被褥。

"这里白天是晒台，到了晚上，就成了望星台。不同的季节可以看到不同的星座哦。躺下来看着夜空，无论什么样的烦恼都会忘记的。"

哇……满天的星斗，好想看看啊。

"曾经有这样的俳句……'吾之星辰亦燃也，星月夜'。"

"啊……高滨虚子①。"

雏步不自觉地冲口而出。

"哦？你知道虚子的俳句？"

在场所有人的脸上都现出一副"哇！好厉害"的惊讶表情。

"这么小就知道高滨虚子，不得了呢！"

---

① 高滨虚子（1874—1959），日本俳句诗人，正冈子规的弟子。

尚子慨叹着眯起了眼睛。

"雏步的学习成绩一定很棒。"

玛利亚深深地点头赞许,连硕大的胸脯都跟着晃动起来。

雏步急忙摇头。

"凑巧知道的……"

学校里的功课最让她头痛,学习成绩也总是排在最后。但是这句真的是凑巧——是妈妈教给她的,所以她记得。

应该也是在那一年,就是站在新神轿的前面留影的那一年。七夕之夜,雏步和妈妈一起看星星。就在雏步忙着寻找自己的诞生星座时,妈妈咏出了这首俳句,看到妈妈会吟诗,雏步感到十分惊讶。

"吾之星辰亦燃也,星月夜……雏步的那颗星,也点燃了吧。"

雏步知道妈妈读书时曾经是俳句俱乐部的成员,还以为妈妈在即兴作俳,妈妈却笑着说:"怎么可能呢。"她告诉雏步,这首俳句的作者名字叫作高滨虚子。她还说,这个人也被视作俳句第二大神正冈子规的后继者。在妈妈看来，俳句的第一大神是松尾芭蕉。

但是，不管哪个名字，雏步都没听说过。搬来这里之后，为了可以从日常的艰辛中暂时逃离，雏步时常会仰望夜空。有一天，她望着美丽的星空，突然想起了妈妈说的话。于是，她以星月夜为关键词，在学校的图书室里查找，最后看到了虚子的名字。在那之前，雏步只知道发音，按照她自己的理解，一直以为高滨虚子写作高鬓须子；而正冈子规，听上去似乎是一所私塾形式的俳句学习班；至于松尾霸骄，则更像是一个俳句圣地般的存在。

"虚子先生和子规先生都是出生在这里的人咋呐么唏。"

玛利亚在一旁说道。

"而且，刚才俺在讲古的时候也提到过，子规先生和漱石先生啊，同时爱上了鹭屋的第七十五代老板娘。对了，就在子规先生过世、漱石先生写了那个猫故事之后不久，第一代总理大臣也曾经到俺们这里来过哦！"

哦？第一代总理……是谁？丰臣秀吉？织田家康？雏步脑瓜中的历史年表的空白处实在是太多了。

"伊藤①在明治四十二年的春天来到此地，那可真是万人空巷哦……真让人怀念啊！"

"阿猪先生又来了，您最擅长哟么哒，话说，那时您还没出生呢吧？"

花凛说道，像是一个戳穿了小把戏的大姐姐，脸上露出笑容。

哎？哟么哒……又是啥？还不等雏步反应，就只见阿猪先生嘿嘿嘿地笑着挠了挠头：

"确实，那时候俺还没影儿呢。不过啊，祖上肯定在这里做过事哦。四海漂泊，终于抵达这片土地，泡浴在道后的温泉里，感觉那么亲切，虽然是第一次来到这里，但却感觉似乎回到了心灵的故乡……"

"请问……"

雏步忍不住插嘴。大家一齐看向她，连老板娘都略带吃力地转过头来。雏步有些窘，但又觉得不

---

① 伊藤博文（1841—1909），日本近代政治家，日本第一任首相（内阁总理大臣）。

问不行。在听到那个哟么哒之后……小卷也曾经提到过那个名字,说是慢跑到那个公园,并且,在阿猪先生的讲古当中也出现过……

"这里……是道后吗?就是那个,有道后温泉的,道后?"

所有人都愣住了,呆呆地张着嘴,面面相觑,然后不约而同地大笑起来。老板娘也笑了,以至于雏步的身体都在跟着摇动。

"啊,对不起,没忍住笑。"

老板娘向雏步道歉:"也怪我,一开始没跟你说清楚。"

"那时候发着高烧,也是没办法的咋呐么唏。"

玛利亚一边点头一边说道,为迟到的介绍做着解释。

"怪俺,把讲古放在了前头,所以大家都以为已经说明过了。"

阿猪先生也略带歉意地补充了一句。

"是,这里啊,就是道后。"老板娘答道,"如果说得更详细一点,这里的町名叫作道后汤之町,是名副其实的温泉乡，就在道后温泉的旁边哦！"

果然是这样……雏步感觉自己的心跳在加速。

在搬来爱媛县之前，她就知道道后温泉的名字。因为妈妈的兄长，也就是雏步的舅父，因为家庭原因举家搬迁到了松山市。有一次，雏步一家人到松山来玩，大家在闲聊的时候曾经提到过，有机会应该去体验一下道后温泉。据说，它是日本最古老的温泉。大家都说，等雏步考上初中之后，全家一起去。所以，道后温泉曾一度变成了雏步家人的未来之梦。

但是去年，雏步因为各种原因不得不寄身于舅父家时，早已忘记了道后温泉的事。很长时间以来，无论是梦想还是目标，都变成了不可能拥有的东西。

来到舅父家之后，雏步时不时地会从舅父的家人，学校同学，或者电视上的地方新闻中听到道后温泉的名字。这才让她想起了遗忘已久的梦想，她去图书室查地图，吃了一惊。原来，道后温泉距离舅父家并不远，只有一个小时左右的车程。

雏步的心情非常复杂，当然不只是惊讶。她想告诉爸爸、妈妈,还有哥哥:我先来了。虽然她知道,家人总有一天也会到这里来,但是目前,他们三个都不在自己身边。那种孤独感,以及不知哪天才会一家团圆的不确定感,让她很难单纯地感到高兴。

没想到,无意之中,自己居然真的来到了道后……

"好了,大家都回去工作吧。我带雏步下楼。"

老板娘一声令下,众人欣然应诺。阿猪先生、玛利亚、尚子经过走廊下了楼梯,花凛进了雏步休息过的房间,看样子要准备晒被子了。

"好了,咱们慢慢逛吧。"

老板娘轻轻地摇晃了一下背后的雏步。

七

"你有没有注意到,这里所有的地方,都有鹭鸶的图案?"

老板娘一边朝着楼梯的方向走,一边为雏步讲解。"房间的天花板上,是不是有很多鹭鸶在飞?还有洗手间的花窗玻璃,不知你发现了没有。等会儿下了楼,还有很多地方都能看到鹭鸶图案,但是每一处造型的设计年代都不同。"

什么意思呢?雏步默默地等着下面的话。

"对战争,雏步有没有一点了解?我指的是二战。"

"嗯,知道得不算多……了解一些。"

雏步有所保留地答道。她决定先要表示一下谦虚。实际上，她觉得自己对二战了解得很详细。因为经常会听到哥哥热烈地谈起大和、武藏①，乘上去多么酷帅之类的。

"其实，就在最近，我听小卷说，越来越多的年轻人开始对历史不感兴趣了。小卷护士学校里的同学，四十个人当中有十个人不知道日本和美国之间发生过战争。他们说，日美关系那么好，怎么可能打过仗呢，骗人的吧……据说啊，有六个人甚至都不知道日本曾经发动过战争。我听了之后，真的觉得很吃惊。"

不会吧……雏步怀疑起自己的耳朵来。同样作为日本人，她觉得简直难以置信。有点说不通啊，居然……日本居然跟美国打过仗？骗人的吧？怎么会？为什么？而且，四十个人当中居然有三十个人知道这件事……难道，这是应该知道的常识？！

"雏步学习成绩好，所以对这种基本的历史知识肯定是知道的，但是，似乎有越来越多的、像你的

---

① 分别指20世纪30年代日本帝国海军设计建造的大和号战列舰和武藏号战列舰。

姐姐哥哥那般年龄的年轻人，开始变得不了解历史了。是不是觉得很意外？"

雏步不假思索地点了点头。啊，对不起，老板娘，我在骗你。因为实在是怕丢人。我正是那十个人当中的、六个人当中的。我一直以为，所谓二战，是哥哥沉迷的一种游戏。大和跟武藏会飞上天空，跟邪恶的轴心国打仗。

但雏步也有雏步的理由。她小的时候，到某段时期以前还是学习过一些知识的。但是，后来她就完全无心向学了，对于世界上发生的事情，甚至学校发生的事情，她都开始觉得没什么意义，几乎都没进到脑子里去。

"就像阿猪先生刚才讲古时说过的那样，鹭屋存活至今，经历过各种各样的历史，雏步可能也了解很多历史，但是现在我要特别为你介绍一下关于这栋建筑的历史，讲一讲关于战争的话题。"

老板娘走到了走廊尽头略为开阔的地方。正对面的大窗户为走廊带来了自然光线，雏步注意到，窗框是工艺精致的金属雕刻。不仅有鹭鸶，还有翠鸟和野鸭等鸟类，与莲花和溪荪花等植物一起构成了巧妙的造型。

面向窗户的左手墙边，有五个带水龙头的洗面台。住在这里的人，早晚也许就在这里洗漱清洁。

右手这边，一半的空间被设置成谈话角，摆放着一组非常有年代感的沙发，另一半就是楼梯，一直延伸到下面。

"这座城市在二战的时候，遭受过非常猛烈的空袭，城市中心基本都被摧毁。这里属于城下町，曾经非常繁华热闹，但是人们的住宅、商店、工厂，以及主要的公共建筑基本都遭到焚毁，也就是说，变成了一片焦土。"

雏步颇费了一些时间才消化这段话。

"就是说……敌人，扔了炸弹，的意思？"

"是啊。美军的轰炸机。"

天哪，简直不能相信……雏步不停地眨巴着眼睛："可是……"

雏步不知道这么说合不合适。她想说的是，作为一个观光胜地，这里或许非常有名，但是跟东京啊京都啊那些地方比起来,这里绝对就是乡下了呀。雏步艰难地搜索着合适的词句:"连,这种地方……战争……也会来吗?"

"嗯,战火一直蔓延到四国。不仅是这里,在战争年代,日本国内的主要城市基本上都遭到了空袭。广岛和长崎,你知道吧?"

"啊,哦……"

雏步有点畏缩。好像是听过,似乎是一种叫作核弹的很可怕的东西掉下去的地方,但是她不敢确定到底是怎么回事。可是……这种事情难道大家都知道?世界上的其他人呢?四十个人里有十个或者六个不知道,这种情况也只是出现在小卷姐姐的同学当中吧。

"再有就是大家都知道的东京大空袭和冲绳吧。实际上,根据记录,全国有超过一百五十座城市遭到了空袭,造成了很多很多人的伤亡。很遗憾,那些用数字无法体现的悲哀和痛苦,并没有被记录下来传给后世。在四国地区,有高松、德岛、高知县等很多城市……如果说到爱媛县,那就是宇和岛、新居滨、八幡滨、西条……还有，就在八月六日广岛核爆的那一天，松山旁边的今治市也遭到了空袭，夺去了无数人的生命。但是这些事情，现在连上了年纪的人恐怕都不知道了。"

这么说，我不知道也算不得是什么可耻的事情吧……但是雏步并没有这样想。因为她从老板娘哀伤的陈述方式，沉痛的语气感受到，这些东西似乎很重要，如果不了解，那真的是一件非常令人悲哀、惋惜的事情。

"话说回来……就在战争结束那一年的七月二十六日深夜，因为距离停战日也就二十天的时间，所以应该大局已定……但是松山的市中心依然遭到了空袭，变成一片火海，根据记录，市内的建筑物有百分之五十受到了损毁。但是……道后周边却没有遭到空袭。"

"那，是为什么……"

雏步觉得自己又听到了一件不可思议的事情。

"有一种说法是，美军认可道后温泉的文化价值，所以避开了军事打击……但是战后，占领了日本的美国军队和英国军队进驻到松山,好像还曾经将道后当作疗养所……所以还有一种说法是,他们想在战后利用这里的温泉设施,所以就把它从攻击目标当中排除掉了。大概,当时联军已经胜券在握,就没有必要做过度的进攻和破坏吧。"

什么?请等一下……雏步又开始怀疑起自己的耳朵。

英国?日本和英国也打过仗?!怎么可能呢!那,那可是哈利·波特生活的国度啊!有很多魔法师,多到甚至要专门开办学校哦……跟那样的国家也能开战?真的吗?

雏步想到这里,突然感到不寒而栗。这两个国家现在跟日本关系都很好。歌曲、电影、文化什么的,很多东西都传播到日本来。然而,居然发生过战争……要是这么说的话,其他那些现在很友好的国家,都有可能跟我们打过仗对不对?不会吧!等一下……比如,熊猫的故乡,考拉的故乡,套娃的故乡,米菲兔的故乡,都是什么情况?……如果也都发生过战争,在雏步看来,那简直就像是听到了什么奇幻的故事一样。

"但是,上上代的老板娘曾经说过,道后之所以能够免于空袭,是因为神的使者鹭鸶用翅膀接住了炸弹,把它带到了别处。"

看,真的是奇幻故事呢……雏步松了一口气,但是,在心中埋下的某种恐惧却无论如何也挥散不去。

"那……我可以问一个问题吗?"

"当然可以,什么问题?"

"……为什么,日本在战争中,会那么惨?"

她感觉老板娘似乎怔住了。雏步有点害怕,觉得自己似乎是问了什么不该问的问题。但是,真的很奇怪啊!为什么日本全国都变成了火海,要遭受核弹的攻击,为什么那么多的人要受苦呢……好端端的,突然变成这样,难道不令人感到奇怪吗?

老板娘轻叹了一声,微微低下了头。

"这种事情,雏步可以自己试着去调查一下。因为有很多历史书,和依据相关资料写的书。不是那些没经历过战争的人说的……而是实际经历过战争的人说过的话,还有一些战时或者战后的调查和证言，去看一看吧。图书馆里可以找到这方面的书，这里的书架上也有几本。另外，还有很多曾经经历过战争的人就住在附近，上上代老板娘，也是活生生的证人。"

那些，不是哥哥那种对战型的游戏玩家，而是经历过真正的空袭和战火的亲历者……雏步感到不可思议。她在新闻中曾经见到过某些国家内战的画面。因为距离自己的现实生活太远，总是感觉不太真实。然而……现在她听说附近居然住着很多亲历过战争的人，战争这种东西仿佛一下子就变成了身边的事物。

"好了，雏步，咱们下楼吧？要搂紧哦。"

雏步有些羞涩，但她乖乖地听从建议，用手臂搂住了老板娘的脖颈。

"好在温泉设施、鹭屋都没有遭到空袭，留存了下来。但是，由于爆炸的冲击力，也有很多地方遭到了破坏……加上战时和战后，这里尽可能地收容受伤的士兵和普通民众，久而久之，损耗较大，建筑物也因年代久远出现了老化朽坏。所以，上上代老板娘决定在战后进行改建。当时，就将那些带有鹭鸶图案的建材或者装饰品全部用在了建筑物里，这个造型图案是鹭屋一代一代传下来的。"

楼梯用古老而结实的木料做成，表面泛着乌光。楼梯的扶手上，雕刻着象征涌泉水的波纹图案。为了使人在上下楼梯时便于抓握，还在适当位置，等距离地安装有小巧的鹭鸶雕刻，鹭鸟的脸看上去十分可爱。

"这个扶手上的雕刻，据说是江户时代的作品。那扇大窗户边框上的装饰，是明治时代的作品。洗手间里的花窗玻璃制作于大正时代。还有每个房间的天花板，是昭和初期完成的。在每个不同的时代，都有艺术家、建筑家以及工匠们在鹭屋得到过照顾，他们将自己的作品或者装饰赠送给鹭屋，不仅是出于感谢，也代表他们对鹭屋的支持。"

楼梯在一处四四方方的缓步台上转了九十度角。下面好像就是玄关大堂了。

"在工匠师傅的帮助下，我们尽量把一直收存在旧仓库里的老物件，都安置在可以照到阳光的位置，利用在各种地方。好了,我们到了。"

老板娘停下了脚步。身体的上下晃动也随着她的动作止住了。

"这里,就是鹭屋的玄关,是迎接客人的地方。"

玄关非常宽阔,用于换鞋的土间占了不小的空间。玄关门的下部三分之一是木制,上面是玻璃,玻璃上写有白色的"鹭屋"字样,绘有正在休憩的鹭鸶图案。透过玻璃门,可以看到外面绿色的植被,前庭不是很大,似乎几步就可以走到外面的主路上。

"大堂在楼梯下面,刚到的客人在这里放下行李,歇歇脚,准备出发的客人也会在这里进行最后的整理。"

老板娘稍微侧了一下身体。只见楼梯下面,摆着一套与二楼一样的古董沙发。老板娘一边继续向里走,一边看着前方的右手方向,那里有用柜台隔开的一处精致紧凑的空间。

"这里叫作引导台,会进行各种介绍和指引、交付行李等工作,也就是通常所说的前台了。这边是餐厅兼活动室。"

过了那个叫作引导台的地方，左面是一个铺着榻榻米的大开间。看起来能装二十人以上，挤一挤的话，甚至三十多个人也装得下。里面似乎还有房间，用纸拉门隔开。

纸拉门上被称为袄绘的图画，雏步似乎在美术教科书中见到过。画面中有各种形态的鸟兽，而占据中央位置的依然是鹭鸶，工笔细腻，看上去比照片还要逼真。

"雏步，在这里坐一会儿吧。"

老板娘进了大开间，慢慢地弯下膝盖。

雏步恋恋不舍地从老板娘的后背下来，坐在了榻榻米上。

"住宿的客人刚才全部离开了。为了便于清扫，就把桌子都收走了，大家都是在这里用餐的。来，用这个。"

老板娘转过身来面向雏步，把身边的坐垫顺着席面滑了过来。

雏步将坐垫垫在身下坐好，认认真真地看着老板娘的脸。

眉线清晰端秀，眼眸中闪耀着坚毅的光芒，而脸颊和嘴角却含着温柔的笑意……会让人觉得，能获得她的支持是一种幸运，自己一定会变得很强大。但是，如果惹怒了她，看到那双眼睛中射出的凌厉目光，听到两片娇美的嘴唇中发出的严厉训斥，就会感觉是世界末日了。

"肚子饿了吗，雏步？"

"啊……不饿。"

雏步垂下眼睛以免被对方发现自己刚才的想法，摇了摇头。虽然不知过了多久，但是感觉肚子里还满满地装着尚子煮的苹果和汤。

"这个大开门的外面是庭园，可以直接从这里下去。你现在还不能受风，但稍微开窗透透气，换换心情怎么样？"

老板娘站起来，将挂在整面墙上的蕾丝窗帘拉开了一侧。

可以直接通到外面的大落地窗两面为一组，中间有墙壁隔开，一共三组，老板娘打开了最靠近自己的那扇窗。鲜亮的色彩直扑进视野。园子里开满了鲜花,近前搭着个棚架,藤蔓缠绕,宛然轻垂,别具风情。

似乎还听得到鸟儿的鸣啭。稍远处,蹲坐着一块巨大的山岩,半山腰似乎有处凹洼,里面应该积了些水。因为有一群橘黄色的小鸟正聚在周围啄饮。

"杂色山雀。"

老板娘说道。大概是小鸟的名字吧?虽然只是第一次听说,但雏步却觉得听起来好可爱。

"山雀们正在喝水的那块山岩,是鹭屋的奠基石,名字叫御事岩。这块御事岩是大国主神赠送给初代老板娘的,岩石中间的那个水洼是神灵舞蹈时留下的痕迹。当年,少彦名命泡过温泉,恢复了体力之后,为祝福鹭屋的未来而翩翩起舞。相传,在那里立上柱子,就可以建起千年不倒的庵邸。鹭屋的位置,因为时代的变迁多少有一些移动,后来到了江户时代,基本上就在这里固定了下来。这座庭园经历了很多代人的亲手修建维护,也经常会用有缘者的名字来命名。据说我们这一带出过很多优秀的电影导演和演员,所以这座庭园曾被称为万作电影之园。但是战后改建之后,就一直被叫作阿升先生①的庭园了。"

阿升先生是谁……雏步刚想问,却打了个喷嚏。

"哎呀糟糕。风还是有些凉。"

老板娘关上了窗户,然后脱下自己身上的法披,披在了雏步的肩上。老板娘的体温从雏步的肩头一直传送到后背,让她感觉好似泡温泉一样舒服。

老板娘走到走廊对面挂着门帘的出入口,朝里面说道:"尚子,可不可以请你给雏步拿点热饮?"

"好嘞!"尚子在那头应道。看起来,那幅画着鹭鸶图案的门帘的里面就是厨房。

老板娘回到大开间,将立在房间角落的折叠桌搬了过来,她将桌子打开,摆在雏步的面前。尚子恰好在此时端着托盘出现,托盘上放着茶杯。

"蜂蜜柑橘茶。是蜂蜜腌渍的伊予柑,用热水化开的。"

一股酸酸甜甜的香气就在雏步的鼻尖附近飘着。

---

① 阿升先生,指正冈子规。子规本名常规,幼名处之助,后改为升。

"好了,你在这里慢慢坐。沿着走廊一直往里走就有洗手间,跟二楼是同样的位置。洗手间对面是大浴场,我现在要去做清洁。尚子就在门帘的那一头,正在准备伙食。"

老板娘和颜悦色地跟雏步交代好之后,站起身来。

"有什么需要的,尽管叫我们。"

尚子也微笑着站起来。

"谢谢……"

雏步道着谢,目送着回到门帘背后的尚子和向走廊深处款款走去的老板娘。

八

大开间里只剩下雏步自己,一时之间,她有些恍惚,不由发起呆来。

感觉就像是被塞进一辆过山车,正在急坠而下,突然又急速攀升,猛地转了九十度角之后,天地倒转,一路飞驰。等回过神来,过山车已经停下,周围却一个人都没有……

雏步脑中一片空白,她端起眼前的茶杯,机械地送到嘴边。

瞬间清醒。蜂蜜甘甜稠润,漫过口舌,又暖暖地顺着喉咙滑落到胃里。口中残留着一些薄皮状物。轻轻咀嚼,一种微苦的酸充满整个口腔,好闻的香气一直扩散到鼻腔深处。好像是伊予柑的果皮,切得非常薄，口感美妙。雏步不由自主地想高声赞美，但又觉得连说话都是在浪费时间，只顾着将杯中美味送进嘴里。

从腹中到整个身体都温暖起来，暂时停顿的大脑活动又回来了。对了……雏步突然想起一件事。问了很多问题，但最关键的她却忘了问。

大家为什么都知道雏步的名字和年龄？

雏步有没有被作为杀人犯通缉？

包括杀了人这件事在内，雏步的秘密大家都了解多少？

还有……飞朗哥，是单身吗？哦，这个好像没什么关系……不，还是想知道。小卷姐姐一口一个阿朗，叫得特别随便，看起来相处得很好。难道他们是恋人关系？飞朗哥也住在这里吗？嗯……好想知道。

还有，老板娘是什么样的人呢？比如，结婚了吗？有小孩吗？看年龄的话，说她已经结婚成家也不会让人感到意外……可是，居然会有那么幸福的男人，能娶到她做妻子！简直难以想象。而且，老板娘,她叫什么名字啊?

"叫美灯。"

雏步身后突然传来一个声音。

雏步吓了一跳,赶忙回头,只见一位身穿和服的女士端端正正地坐在那里。

看到她的脸,雏步再度惊讶。一头银发绾在头顶,光洁润泽的脸颊,嘴角洋溢着慈祥温柔的笑容,没错,就是那个"熘蔬菜"巫女呀!

但是她今天穿的是一件小纹和服,整幅面料上均匀分布着相同的小巧纹样。颜色是灰与粉红混杂在一起的感觉,虽然不够鲜艳,却非常华美。纹样好像是鸟的翅膀。蓝色的腰带上还有白色的鹭鸟图案。

"嚪,还知道小纹?年纪轻轻的,不得了呢!"

"哦,因为妈妈曾经在和服店工作。"

雏步答道。咦?雏步又开始对自己的记忆产生了怀疑。小纹?我刚才说出声了?

"那些都无关紧要。老板娘的名字呢,叫鹭野美灯。鹭野是这个家族的姓氏。鹭鸟的鹭,原野的野。美灯是美丽的美加上灯塔的灯,寓意举起美丽的灯火,引导那些迷失方向的人前来。"

美丽灯塔的火光,引导人前来……美灯。真的是再合适不过了。

"顺带再说一次,在这里留下来,可不是在这里熘蔬菜咗呐!"

啊,果然是那个穿得像巫女一样的人……雏步乖巧地低头行礼。不只是老板娘,这个人也让她特别好奇。

"请问,您……是哪位?"

"不妨猜猜。"

哦……布方,还真是个少见的姓氏呢,布方……菜菜?布方菜菜子?

"傻孩子。不妨猜猜,就是让你先猜猜看的意思。"

"啊,对不起……"

可是,她果然能够看穿我的心事呀……这么说,难道她会泰拳[①]?

---

① 泰拳,原文为 thaikick。联系下文可知为"超能力(psychic)"之误。

"你心里想的呀,我大概都知道,我不会什么读心术之类的超能力。你是个单纯的孩子,心里想的全都写在脸上。有时候,嘴唇还跟着心里说的那些话在动。"

雏步一听说是因为自己嘴唇的动作泄露了心中的想法,赶紧用双手捂住了嘴巴。

"不过,单纯也是你的优点。"

对方温和地笑了起来。她给人一种感觉,一种老板娘身上也有的,仿佛可以原谅一切、包容一切的感觉。

和服装扮端庄得体,气质娴静稳重,端坐在大开间的中央,看上去就像是这座房子的守护者……电光石火之间,雏步灵光乍现。阿猪先生讲古的时候提到过。第七十八代女主人,现在依然是这个家的守护神。

"第七十八代老板娘?"

"回答正确。我就知道你是个聪明的孩子咋呐。"

"嗯……啊、不、那个叫、您、您猫赞了。"

哎，不对……喵赞？木钻？电钻？好像都不是。秒？嗯，好像是秒钻，可是……秒钻，到底是啥意思呢？不知道的事情简直太多了，雏步窘得要命，真想有一个地缝，好让她秒速钻进去躲起来。啊，也就是说，是这个意思咯，这个秒钻。

"反正，我，一点都不聪明。很多词语、历史都不懂，学习成绩也是最差的。"

对方的脸上又浮现出那种可以包容一切的笑容。

"我说的聪明，不是你说的那种聪明。词语、历史这些东西，只要肯学就可以掌握。但是真正的聪明是学不来的。不妨好好珍惜自己的这份聪明。"

不妨，不是姓氏，是让她试着去做的意思。雏步学到了。

"我的名字叫鹭野真雀。大家都叫我大老板娘。但严格来讲，大老板娘其实是我的女儿，第七十九代，但是她已经过世了，所以大家都这样叫我。不过，如果你称呼我的名字，我会很高兴。"

"啊，那……叫您真雀，阁下？"

"哈哈哈，阁下，听起来有点哟么哒。"老妇人笑着说,"正常称呼就可以。"

哟么哒,这个词又出现了。可以推断是胡闹的意思,但发音听上去又很俏皮。

"真雀婆婆。"雏步改口道。

"嗯。我就直接叫你雏步咯!今后还请多多关照。"

第七十八代老板娘,也就是上上代女主人,郑重其事地双手撑地,低头行礼。

雏步急忙坐正身姿:"也请您多多关照。"

雏步诚惶诚恐,不仅双手,连额头都抵在了榻榻米上。大老板娘周身释放出的强大气场,让她感觉自己必须要这样做。

可是,刚才真雀婆婆说今后,那是什么意思……雏步一动不动地保持着低头行礼的姿势,心里暗暗想道。

这时,从玄关那边传来一个声音:

"劳驾——有人吗?"

雏步抬起头来。咦?……真雀婆婆消失了。连脚步声都没听见,当然也没有感觉她起身。是去门口了吗?

雏步因为脚上有伤,便趴下身来,伸长脖子探头到走廊上,向玄关那边望去。

真雀婆婆不在,只见玄关那里站着个从上到下一身白衣的人。

"劳驾——有人吗——"

那个白白的人像是一位中年女性,正大声朝里面喊着。

老板娘刚才说要清扫大浴场,也许听不到。厨房里的尚子呢?可能开着水龙头做事,也听不到外面的声音吧。花凛大概在晒台。玛利亚和阿猪先生去哪里了呢?而且,真雀婆婆刚才明明就在自己面前……雏步将头又探出去了一些,朝走廊深处望去。

"啊,不好意思,小姐,那边的那位小姐——"

叫得很亲切。白白的人看着雏步,招了招手。

叫我吗?雏步指着自己的鼻尖。

嗯嗯,就是你……白白的人点着头,手招得更欢了。

事到临头,雏步无法置之不理,可是,她还很难站起来行走，于是便四肢着地，沿着走廊爬行。走廊地板打磨得很光洁，似乎单凭膝盖就能溜出很远。雏步觉得趴在地上爬到底显得不够礼貌，就试着起身跪坐，双臂撑直，利用滑雪技巧，感觉上像是把地板推向身后，以使身体前进。结果，真的单凭膝盖就顺利地滑到了玄关口。

她突然意识到这种举动看上去更没礼貌，但现在说这些，已是事后猪哥。话说这个词虽然听起来很好玩儿，但是为什么要把后悔也晚了的事儿叫作事后猪哥呢？雏步到现在也搞不清楚。

"你好啊。小姑娘，滑得可真不错呢！"

白白的人笑眯眯地说道，大概是把雏步刚才的行为当成了小孩子的游戏。

我已经不是那么幼稚的小孩子了……雏步想申明，她抬起头，更加清楚地看到了对方的样子。

这人上身披着一件白色的长袖外褂，下身穿着紧裹在腿上的白色下装，脚上套着结实的白色足袋。一条大红色的襻膊挂在脖子上。一个大大的信封包样式的白色布袋斜挎在肩，垂于身侧。左手拿着一根做工扎实的手杖和一顶圆圆的浅斗笠，斗笠上似乎用墨写着几个奇怪的符号样的东西，其中只有"同行二人"这几个字能辨认清楚。

啊……这大概就是所谓的巡礼者吧？算不算是正式的呢？

雏步自从搬到爱媛县之后，才知道巡礼者的样子。但也不是直接看到。出现在电视新闻中的巡礼者，都是乘坐观光巴士进行朝圣。他们巡游四国地区的寺院灵场，每到一处寺院，都会请人在一个笔记本似的东西上用朱墨签字。雏步曾在电视上见过一个年轻的巡礼者，看到他将积攒了很多签字的本子在镜头前展示，别提有多高兴了。

那些巡礼者的打扮，与穿着普通户外装的人并无二致。上身一般都穿夹克或者毛衣、T恤，下身是牛仔裤或者棉布裤子，脚上穿的都是徒步鞋。其中偶尔也有几个人会披着马甲一般的白色无袖外褂。

可是，有一次雏步在学校图书室看到一份报纸，才知道巡礼者不仅限于她在电视上看到的那种，还有一些巡礼者，是采用徒步的形式对四国八十八所进行巡拜朝圣。报道的标题是"欢迎你们,巡礼者",文章还介绍说,来自海外的巡礼者也在增多。而且这些外国人,很多都是步行巡拜八十八所寺院灵场的"徒步巡礼者",而这种"徒步巡礼者",才是真正的巡礼者应有的样子。

徒步……这里可是四国哦。拥有四个国度的四国哦!当然,按照雏步的理解,这里应该叫四县才对。但总而言之,徒步巡拜整个四国境内的寺院,对她来说是一件难以置信的事情。

与究竟是四国还是四县的问题一样,雏步对澳大利亚和奥地利的名字也长年抱有疑问,它们非常相近不是吗?只有一点细微的差别,太难区分了,在那个细微的差别里面到底隐藏着什么样的秘密呢……话又扯远了,总之,搞不清是哪一个、反正是这两个国家之一的一位外国男子,穿着正式巡礼者的装束,被拍下了照片,也登在了那份报纸上。

雏步寄住的舅父家,距离那些灵场寺院比较远,所以她之前并没有真正见到过巡礼者。因此,现在是她有生以来第一次,见到了活生生的正宗的巡礼者。

原来就是这样的啊……雏步心中涌起一种只能称之为复杂的感慨。

因为，也太奇怪了吧。从上到下都是白花花一片，服饰搭配一点都不讲究不说，脖子上挂着红色襻膊，还有手杖和斗笠，简直像是在看时代剧！

虽然雏步从来没有正经看过什么时代剧，充其量不过是小时候在祖父母家的电视上看到过的，剧中有古里古怪的老爷爷挥舞着手杖，然后不知谁突然说了一句"不入你眼？"①，伸出一个手机似的小盒子。雏步当时想的只是，那种东西怎么可能放到眼睛里呢，那不要疼死了？没错，时代剧总是会若无其事地说出一些不讲道理的话，而所谓巡礼者，凭那身打扮似乎可以直接成为时代剧中的角色。

有些滑稽，穿越感……但是，不知为何又觉得有点酷。

也许是因为这身装扮会让人感觉到某种信念，

---

① 指的是电视剧《水户黄门》中的经典台词。水户黄门即德川光圀，他是水户藩第2代藩主，曾任黄门官职，因而得名。在电视剧中，每次惩治恶人时，黄门一方都会亮出印有家徽的印笼道："此家徽不入你眼？"意即"你没看到这个家徽吗？"。

觉得对方"知道什么才是真正重要的东西"。同时也会令人心怀敬畏，认为神佛就在他们的近旁。他们似乎能够轻易地感知到死亡，或者正在祈愿自己能够拥有这种感知。或许这些只是一种错觉，但他们的装扮确实会给人这样的印象。

"小姐，你是这个家里的孩子吗？"

巡礼者模样的女人问道。

雏步很意外，她一边摇头一边用力地摆着双手。

这时，女人似乎注意到了雏步身上的那件法披，"啊，穿的是鹭堂的号衣，那，你就是这里的员工吧，真是失礼了。正好，请收下这个好吗？"

对方递过来一个信封。

啊，如果是信的话，还是直接……雏步回头看了看里面，一个人都没有。

"请一定收下，拜托了。"

女人上前一步，将信封塞到了雏步的胸前，又强行捉起雏步的右手按在信封上。

"好了，请代我问候大家。感谢大家的照顾。还请转告：我改变了计划，准备直接回家。"

女人说完就将斗笠扣在头顶,在下巴底下系好线绳。

雏步频频回头看里面,一不小心,手上的信封掉在了腿上。她急忙捡起来,却发现信封开了口,里面大概有二十张一万日元的钞票。

雏步惊讶地抬起头来,只见那个女人露出了尴尬的笑容:"太少了,真不好意思。"

她转身正要从玄关开着的玻璃门出去。

等一下!请等一下!这些钱、这么多钱,我、我不能代收……雏步站起身来想追上去,受伤的脚却不允许她这样做,她的身体向前方扑倒,因为惯性,非常狼狈地直接从上面的地板摔到了下面的土间。

九

"哎呀！不要紧吧？"

女人急忙折返。

摔倒时，雏步下意识地用手撑住地面，所以只觉得额头周围有点痛，没什么大碍。

她本想自己爬起来，但是女人过来把她扶起，让她坐回到玄关与室内交界的地台上。

"不要紧吧？有没有受伤？"

"对不起……我没事。"

雏步又羞又愧，低下了头。这才是所谓的秒钻吧。真恨不得能找个地缝立刻钻进去啊。这时她想起紧紧攥在手上的信封。

"喏，这个……"

雏步伸手递给对方。

女人一副为难的样子,脸上现出浅浅的苦笑:"请一定收下。拜托了。我能够来到这间客栈,哦,不、这个家,真的是太好了。多亏了大家……"

女人发出一声长叹,在雏步的身边无力地坐了下来。

"我的父亲,已经七十八岁了,现在却在监狱里。"

……雏步看着坐在身边的女人憔悴的侧影。

"为什么会坐牢……前因后果对一般人真的是难以启齿……但是在这个家里,我终于把它讲了出来。这里让我感觉温暖,我吃到了可口的饭菜,还看到了美丽的星空……不过,我一直没见过你,是不是休假了?"

如果这样说,倒确实是休了假……雏步点了点头。

"你知道望星台吧?"

雏步又点了点头。

"那你知道虚子的星月夜吗?"

"嗯……是不是那个'吾之星辰亦燃也,星月夜'?"

"哇,不愧是鹭屋的人,果然什么都知道。"

不,这个是……雏步摇了摇头。

"昨天晚上,老板娘陪我到很晚……早上明明要早起,却依然陪在我的身边,就像你现在这样。然后,她突然吟出刚才那首俳句。当听到'吾之星辰',我就不自觉地嘀咕,我的星辰已经消失了啊。老板娘却说,不会的,一定还亮着呢。她说,天上繁星闪耀,就在看不见的地方,也燃点着很多星辰,正在释放出烁烁光芒。我就想,原来是这样,在看不到的地方,还有很多星星……那,有没有爸爸的星辰呢,妈妈的呢……想着这些的时候,不知不觉,我就把心中藏着的事一五一十地告诉了老板娘。我一直想把这些告诉别人,却说不出来,特别痛苦。"

女人意识到自己还戴着斗笠,便松开线绳,摘了下来。她把斗笠放在膝上,摸了摸写有"同行二人"字样的地方,轻轻地将它放到了自己身侧。

"出来巡礼灵圣,也与此有关。除了想为父母祈福,也希望能跟其他巡礼者分享自己的心事……我想,或许能遇到同样抱有痛苦经历的巡礼者。可是,实际上却很难有机会让人敞开心扉。很多人都开车或者乘坐巴士去巡拜,偶尔会遇到徒步巡礼者,却都有同伴,无法轻易地加入其中去谈心。就算能说上话,也拿不出足够的勇气,不知道该跟对方说到什么程度,不知道对方能否接受自己,那种分寸很难把握。于是,就只能互致平安,挥手告别……也许,对方也有一些想倾诉的话,而我在无意中传递过去的信息,却让对方感觉我并无自信去真正地倾听和接纳……"

雏步因为就坐在身边,注意到女人的后背有些微微颤抖。

怎么了呢,这样穿大概还是太单薄了,会冷的吧?

雏步蓦然想起,冬天的早晨,妈妈出门拿报纸回来,弯腰弓背、缩手缩脚地嘟囔着"冻死了冻死了"的情景。雏步当时曾有一种奇妙的心理,既觉得滑稽,又无限怜悯,她心疼妈妈,不是去拥抱,而是不自觉地去抚摩妈妈的后背。妈妈马上说,

"哇！真暖和。"母女二人叽叽咕咕笑作一团。雏步回忆着从前的往事，很自然地伸手在女人的后背上摩挲着。

女人突然一惊，转头看向雏步。雏步也吓了一跳，停止了动作，但是手并未撤回，而是贴在对方的背部。泪水从女人的眼睛里忽地涌出，她用手压住眼角。

"谢谢你。"

女人声音嘶哑地说道。

雏步有点困惑，但她很难将手拿开，于是又开始摩挲起对方的脊背。

"昨天晚上，老板娘也是这样，抚摩着我的后背。然后我就开始对她说了很多话。实际上……我父亲杀了人。"

雏步"啊"地叫出了声。但她的手还是机械地在对方的后背上抚摩着。

"父亲杀死的……是跟他同岁的我的母亲。"

雏步下意识地停住了手上的动作，呆呆地看着对方的嘴。

"我的父母生活在北海道。母亲患有老年痴呆症，三年前腿部骨折之后，病情更加严重……但是，因为她最喜欢待在自己家里，不喜欢去医院或者看护机构，所以父亲就在家中照料她。我们家兄妹两个，我上面还有个哥哥。他住在千叶，也有自己的家庭。我嫁到青森，跟丈夫和两个孩子生活在当地。出事那年，我的两个孩子分别上高三和初三，因为都面临升学考试，比小的时候更让人操心。我丈夫是机械厂的一名技术人员，总是为设备的交货期而奔忙，为了房屋贷款和教育费的支出，我也需要打一些零工才行。回北海道，无论坐电车还是自驾车，往返都需要花上八个多小时的时间……这些因素加在一起，让我很难回娘家去照顾母亲。当然，我们提供了经济上的援助，为了尽量减轻父亲的负担，还请了家政服务和护工。但是……母亲的认知障碍越来越严重，最后，连父亲也认不出来了，渐渐地，她大小便也不会控制，经常搞得家里一片狼藉。父亲几次三番地向我发出求救信号。可是，我还是优先考虑了自己的生活，总是在电话里鼓励他，请他为了母亲再忍耐一下，安慰他，说我很快就会回去。但实际上，回去的计划却一拖再拖。终于有一天……父亲撑不住了。"

此刻，锥步突然觉得，点头以及任何一种轻微的身体动作都显得冒犯。她屏住呼吸，静静地倾听女人的告白。

"那天，我突然接到警察打来的电话，才知道父亲做了什么。父亲在送走母亲之后，自己也割颈割腕，倒在家中，被家政服务的小时工发现了。住了一个月的院之后，父亲出庭受审，被判了三年徒刑。虽然律师告诉我们，如果上诉就有可能减轻刑罚，但是父亲却直接接受了判决。无论在警察面前还是在法庭上，父亲都没有为自己开脱，对我们也没有任何责怪。在法庭上，当律师问他，如果孩子们能够再出一些力，是不是就不会发生这样的惨剧……父亲回答，孩子们提供了经济上的援助，也安排了家政服务，他们已经做得很好了，责任全在他自己。我听到这样的话，心里不知有多痛苦。而父亲接下来的一番话，就像一把利剑，自那以后一直都插在我的心上……他说：'做出这种事情，给孩子们带来了莫大的麻烦。他们早已独立，各自都有各自的家庭，就等同于不相干的外人了。想寻求外人的帮助，这种想法本身就是错误的，是愚蠢的，除了请他们原谅，我没有别的可说，作为这样一个没用的父亲，我很抱歉。请当我已经死了吧……'"

雏步看着泪水从女人的眼中奔涌而出，顺着她憔悴的脸颊不停地滑落。

"我的母亲，年轻时曾经是女子学校的教师。她总是收拾得整洁清爽，对我们的行为礼仪也要求得很严格。父亲工作的公司为母亲的学校提供教材，两人因此而结识。父亲的性格，说得好听是比较开朗豪爽，实际上就是不拘小节，为什么会选择母亲，很让人觉得不可思议。我曾经追问他恋爱的经过，据他说，母亲虽然答应了约会，但是无论是在电影院还是在餐厅，后背都挺得笔直笔直的，看上去特别拘谨，所以他就劝母亲把肩膀放松下来，吃饭的时候干脆绕到母亲的背后，去帮她捶肩。父亲笑着说，就是这个举动赢得了母亲的芳心。但是按照母亲的说法，因为周围没有人会做这种傻事，她只是吓了一跳而已……不过，母亲觉得，对方性格与自己正相反，脾气好，会做一些出其不意的事情，这样的人生也许会很有趣，所以就答应嫁给了他。婚后，他们确实度过了比较有趣的人生。两人一起旅行，去过肯尼亚的动物公园，也去过复活节岛，还加入了北海道当地的戏剧俱乐部，一起演戏，除了最后的三年……我太过珍惜自己记忆中那个整洁利落、举止优雅的母亲，反而与现实中的母亲疏远了。拿自己的生活做挡箭牌，把一切都推到父亲身上……真正的罪犯，是我啊！"

女人不停地摇晃自己低垂的头，耸着肩喘息着，手指轻轻地摸着自己身上的白衣和挂在脖子上的红布条。

"我在家中，虽然每天都祭拜母亲，同时也为父亲的健康祈祷，但还是感到非常痛苦。逃离母亲，把罪责都推到了父亲身上，这件事于我，简直就是对心灵的折磨。我准备了安眠药，也曾拿刀比在自己的手腕上。家人开始担忧，带我去诊所看病……

但我的痛苦却有增无减。就在那时，我在电视上看到了有关四国巡礼者的报道。以前我就听说过，但只是把它当作观光旅行的一种形式。当我知道还有一种叫作徒步巡礼者的人，他们为了寻求对痛苦烦恼的解释，祈盼救赎，在陡峭的山路和险关跋涉，寻访八十八所灵场，便也萌生了徒步的想法……我认为也许可以借此获得某种救赎。家人也答应我出行，大概认为总比自杀好。刚开始徒步的时候，没有得到任何心中所期望的那种顿悟或者救赎，我开始感到后悔……就在六天前，我独自走在一条叫作旧遍路道的山中小路上，大概是不久前那场台风的影响，道路已经损毁，我迷失了方向。当时天已经开始黑下来，我正在焦急的时候，这里的老板娘出现在我的眼前。她问我……你，可有归处？"

一样的。我也被问了同样的问题。当时的情景开始复苏，雏步感觉心中一阵撕裂般的疼痛。

"我摇了摇头。我觉得自己无处可归。老板娘就把我带到了这里。她让我泡温泉，为我准备可口的饭菜，让我在这里好生休养。而我，大概因为父母出事之后堆积在体内的积郁一下子发作,整个人就像患了重病一样。六天的时间里,一直靠这里的人照料。老板娘、玛利亚、花凛、尚子,还有一位名叫小卷的漂亮姑娘,以及一个英俊到我女儿见了一定会尖叫的年轻人飞朗。富永医生为我看病。大家什么都不追问,只是尽力地照料我。就这样,到了昨天晚上,我把一切都对老板娘坦白了。说完之后,我请求老板娘让我留在这里工作。因为我想,今后也不知道该去哪里,不如就留在这里帮忙。当然,我以为一定会遭到拒绝。但是没想到……老板娘说,如果你愿意,留下来住到什么时候都可以,我吃了一惊。"

雏步也吃了一惊。不过,那确实像是老板娘能说出来的话。

"老板娘接着又说,心情恢复好之前,你可以一直住在这里,但是,你还有可以回去的地方,不是吗?还有人在等着你,不是吗?当然,我也一直牵挂着家人。但是,我一心以为,像我这样的人,如果不在的话,也许孩子们和丈夫会过得更幸福。"

雏步摇了摇头。不是的,不是的,绝对不是这样的。

"我问老板娘,我觉得自己的赎罪还没有结束,现在真的能回去吗?老板娘回答我说:'你的所归之处,也是你守候他人的地方。现在,你的家人虽然住在家里,但他们也许并不认为自己回到了应该回的地方,你不觉得吗?因为,母亲不在,妻子不在。我想,你回去,对你的家人来说,也意味着家的回归。'"

女人抬起头来,长出了一口气。从侧面看去,她的面容开始变得明朗起来,呼吸中似乎含着笑意。

"老板娘还说:'也给你的父亲准备一个回归之所,不好吗?我感觉,有能力做这件事的,只有你……'我一下子惊醒了。之前,我一丁点儿都没想过父亲的归宿。父亲比我要痛苦得多啊。我却将自己囚禁在罪责当中。我突然明白,最好的赎罪,就是重新建立起一个安身之所,一个能够守候孩子们和丈夫的温暖场所……营造一个可以让父亲颐养天年的地方,同时也祭养母亲的在天之灵。就在那时,天上，好像划过一颗流星。我觉得，那一定是母亲的星辰。我感觉，母亲认可了我的想法。我在老板娘的怀里痛痛快快地哭了一场，之后回到房间，踏踏实实地睡了一觉。我已经很久很久没有睡得那么安稳了。然后就到了早上，因为还剩下三十几座寺院灵场没有去。我决定尽快巡遍之后就回家，做自己应该做的事情。就这样，我出了门。这里不是不收住宿费吗？"

哦……雏步第一次知道。是这样啊，可是，这样能行吗？

"旁间里有一个小小的木盒子，住客根据自己的心情随意投钱进去就可以，当然，不投也完全没问题……听阿猪先生说，根本没有必要付钱，但是住客却总是会在离开的那天早上，在枕边或者桌子上留下钱，表示对鹭屋的心意，实在是没办法，所以就从很早以前开始，准备了那样一个盒子……"

啊，雏步想起来了。阿猪先生巡回每个房间，在里面鼓鼓捣捣，手上拎的袋子里装着现金，而且还气呼呼地说"又搞这些"。也许就是在收集住宿者留下的"心意"。因为"心意"金额太多,他认为完全没有这个必要,所以才嘟嘟囔囔地发牢骚。

"所以,我也留下自己的心意,上了路。我感觉,自己的每一步都走得很轻快,之前的经历就好像是一场梦一样。走着走着,我突然意识到,对于现在的我来说,已经没有必要再去巡拜寺院灵场了……家人还在等着我回去,现在需要我做的,是尽早回到他们身旁,去准备好迎接父亲的场所,并且去告知我的父亲,告诉他我在等他,请他一定要回来……所以,我想把自己为余下的旅程准备的钱都交给鹭屋。我听花凛说,有的人事后会给鹭屋大量的捐赠。捐赠者把这里当作自己可以随时回来的家……当作可以迎接那些失去归宿的人的地方……他们想让这个家永远存续下去。那种心情,我十分理解。我也想让这个家永远存续下去。为了我,也为了像我一样的人。所以请你们收下这点钱。我希望自己能够尽一点力。拜托了。"

女人正对着雏步,将雏步握着信封的手包裹在自己的双手当中。

"什么时候,我带父亲一起来。我会带着父亲一起回到这里。那时,如果这里不存在的话,就太让人难过了。所以,拜托了。"

雏步感觉自己的心中仿佛有一股热流,像是温泉的源泉一样涌了上来。她有些冲动地将自己握着信封的手和女人的手一起拉到自己的胸前。

"会在的。这个家会在的。"

一串话语自然而然地从口中源源而出。她几乎没有什么意识地向对方传达着:"鹭屋永远都在。因为……因为……"

因为从侍奉神灵的时代开始就在。经历了那么多的战乱和饥荒,挨过了各种灾害,还有可怕的战争,在战火中幸存下来,现在有第八十代女主人在守护着她。

"这里迎接客人的历史,已经超过了三千年。那些无家可归的人,精疲力尽的人,因无法前行而哭泣的人,这里一直都在接纳他们,欢迎他们。这里,这个家,永远都在。所以,我们会等您回来。请您带着家人一起回来。请您和您的父亲一起来。我们真心盼望着那一天。"

"……谢谢你……谢谢你"

女人紧紧地抱住了雏步。

雏步的脸被女人的泪水沾湿了,自己的眼泪也混在里面。

十

怎么回事,发生了什么……

雏步一个人坐在地台上,神情恍惚,目光茫然地望向玄关的玻璃门外。

感觉似乎有一架喷气式飞机唰地一下钻进身体里,又直接飞走了一样。或者,像是一列特快列车从身体中轰然穿行……或者,像骏马哒哒哒地奔驰而过……不,像拖拉机突突突……不好,自己好像正在渐渐地失去感觉。

就像意识突然一下子被吹散,不知在自己身上发生了什么,雏步回过神来,却见那个一身巡礼装束的女人正在一次又一次地向自己道谢:"谢谢,谢谢你",还朝自己挥着手说"一定还会再见的",然后就离开了。

她在谢什么呢……为什么说还会再见……完全搞不懂。不仅是问题搞不懂,连脑袋也越发沉重起来。

记得老板娘在给自己介绍庭园的时候说过,那里有一块神灵授予第一代老板娘的岩石……是叫御事岩吧。她说岩石上有个凹坑,是小神灵为祝愿鹭屋代代繁荣而舞蹈时留下的足迹……现在,雏步就感觉自己的脑袋顶上似乎也有一个小神灵在跳舞。尊——哆叩、尊——哆叩,神灵每踏出一个舞步,雏步的头都会变得沉一点,慢慢地陷入肩膀里去。

吉祥如意,皆大欢喜,永驻此地,永驻此地。她感觉那个小小的神灵似乎在这样说着。雏步不懂什么是尊——哆叩,只是隐隐约约地听到脑袋里发出尊——哆叩、尊——哆叩的声音。

吉祥如意,皆大欢喜,永驻此地,永驻此地,尊——哆叩、尊——哆叩……

雏步的脑袋埋进了肩膀,更向腰部沉下去。感觉不赖,也不觉得痛。她只是觉得,在神灵的舞蹈中,身体像冰激凌一样融化掉是那么神奇。

"哎呀,雏步,怎么了?为什么会在这里?"

身后传来一个声音……不对,是前面?雏步已经分不清前后了。

"是不是不舒服?困了?雏步?"

啊,是老板娘的声音。老板娘就在身边。但是却看不到她的样子,只能闻到一股甜丝丝的香味。雏步感觉自己被抱了起来。

"危险哦,雏步,清醒一下。"

我,不想清醒,就想被老板娘抱着……

在陷入深睡的边缘,雏步体味着落进深洞中的感觉。老板娘的声音回荡在遥远的上方。渐渐远去,最后消失了。

四周笼罩在乳白色的雾气中。

不知道该向何处走。想呼救,却发不出声音。

在雾霭的另一头,传来沙沙的声响,像是风擦过植物的叶片。

向声音传来的方向走去。脚湿了起来。脚下是岩石地,岩石表面有水波流过。温热的,是温泉。

继续向温泉流出来的地方走去。

雾气的对面,好像有谁在用一把巨大的扇子鼓起一阵风,迎面吹送过来。周围似乎是森林,叶片摩擦的沙沙声大了起来。很快……声音消失,风也停了。雾气散去,包围在巨大山岩中的一汪泉水出现在眼前。

泉水满溢,水面升起袅袅蒸气。水蒸气的对面有个影子。

随着雾气缥缈晃动,影子现出身形。一只白色的鹭鸶双脚浸在温泉中,正在看向自己。这只鹭鸶体型庞大,跟人一样高。

过来吧……鹭鸶点着头,似乎在示意自己过去。走过去靠近它。只见鹭鸶张开羽翼,伸向自己。翎尖轻轻地搭在自己的头上,像是在轻柔地抚摸。

不自觉地双膝跪地。任温热的泉水濡湿膝头。鹭鸶缓缓地用翅膀抚摸着自己的头,像是在说:好孩子,好孩子。

感觉像是在表扬自己:真能干,做得真棒。

咔嗒一声之后，听到有人说："哎，又来了。"

是小卷的声音。小卷姐姐——是不是又把什么东西弄掉了？从外表看不出来的小毛病，反而更让人觉得可爱呢。

"阿雏，阿雏。"有人在叫自己。

怎么了小卷姐姐？雏步有心回答，但是耳朵却听不到自己的声音。眼睛也睁不开，看不到小卷那张清秀的面庞。

"阿雏，喝点水，把药也吃了。嗯，很好。要不要帮你换上睡衣睡裤？穿睡袍是不是觉得不舒服？刚才你的手脚动来动去，像在跳舞呢。"

哎？难道是那个尊——哆叭的舞蹈？

"还有，要不要去洗手间？"

是，想去。我不想穿纸尿裤，小卷姐姐。

"没关系，我会带她去的咋呐么唏。"

啊，这是玛利亚的声音。突然感觉身体轻飘飘的，像浮在半空。哇，这个软乎乎颤巍巍的是玛利亚的胸脯吧。

"我帮你换上一床刚晒好的被褥。"

是花凛的声音。真的呢，被子蓬蓬松，好暖和啊。

"还是起不来吗？这是用水果和蔬菜做的新鲜蔬果汁。"

是尚子。要喝要喝，我要喝。啊！太好喝了。各种味道都混合在一起，不只是甜，还特别浓厚，下次一定记得要请教一下做法。

"有没有什么俺能做的？唉，可恨，在这种时候别说是右手，连脑子都不够用了，真是急人。"

是阿猪先生。说话粗鲁，声音却特别温柔。

"医生，她一直这么睡，没事吗？"

是老板娘的声音。啊，老板娘的手在摸我的额头和脸。是在担心我吗？啊，好幸福。

"噢噢。喝了水，也吃了药，尚子做的果汁喝了足足五杯，真没少喝呢。现在她不发烧，喉咙的红肿也消了。从另一方面来讲，能睡也说明有体力，再观察观察，肚子饿了就会醒了。"

啊，想起来了，这个是猫头鹰医生的声音。不要吹口琴哦。

"医生，那些小伤口贴上创可贴就可以了吧？脚上的伤也好多了,我想用不着绷带了,换上大号的创可贴就行。阿,医生,现在请不要吹口琴。"

这个,是那位傲娇——哦,其实并不傲娇的幸男哥的声音。

大家都在担心我……大家都那么关心我,照顾我。明明都是陌生人。完全不了解雏步到底是谁。

不可能的。这样的人,这样的地方,我不相信世界上真的会有。

好想哭。但是,还不行。还有一个人没来。那个人会不会来看我呢?

"是说我吗?"

哇!是大老板娘真雀婆婆的声音。不是,对不起。我当然没有忘记真雀婆婆,可是我想见的人是……

"哎?雏步,怎么还在睡?"

来了!!!

"不太正常吧,这样没问题吗?"

那个,飞朗哥进来房间了吗?难道就在枕头边?

"阿朗,你在为阿雏担心对不对?"

"哦?小卷也在啊,我还以为只有我们俩呢。什么嘛什么嘛!"

"阿朗,要不,你亲一下阿雏?"

啊?为什么?发出这个疑问的,到底是飞朗还是雏步自己呢?

"你想啊,童话里不是有吗?一直沉睡不醒的公主,因为王子的一个吻就能醒过来呀!"

"哦,不过,就算雏步是被施了魔法的公主,我也不是什么王子啊!"

没有没有,我当然不是什么公主,但你就是王子啊!

"可是,既然小卷这样说了,要不就试一下?"

啊啊啊……这么重要的时刻,脑袋又开始变得昏沉沉的。等一下,稍等,这是我最重要的初……可是声音又开始退到很远很远……周围一片黑暗……这里,是哪里……

十一

肚子饿了。感觉好饿啊。饿了咋呐么唏。饿了象鼻虫。

啊,连象鼻虫都想吃!嗯,那个还是不能吃。哎,稍等,虫子不行的话,大象总可以吧!蒸大象怎么样?大象的肉蒸好了应该是软软的,可以放到杂煮粥里面,蒸大象,大象粥呐莫西……

不行了。饿过了头,大脑已经不转了。受不了了,忍不下去了。雏步用尽力气睁开眼睛。睁不开。也许是力气不够的问题。再试一次。鹭屋加油——

嘭,像是瓶塞子拔掉了一般,眼皮睁开了,视野开阔起来。周围昏暗,但还不算漆黑。转头看看身边。借着台灯的微弱灯光,看到了小卷那张清秀的睡颜。雏步放下心来。天下太平。所谓和平大概就是这个样子吧？……自己喜欢的人，正在安静地睡着，静静地看着这种情景，心里会特别踏实。一点也不觉得特别，也没有什么让人想放声高喊的事情……

但是现在，团子比和平重要。

枕边有没有尚子做的果汁呢？雏步只看到托盘上放着一只盛着清水的水杯，便端起来一口气喝干了。好喝。但是腹中空空，一杯水下肚，感觉更饿了。团子比水重要。

现在几点了？小卷的枕头边放着一只闹钟。时间已经过了两点半。这个时间不能吵到小卷。但是这样耗下去的话，雏步肚子里的小虫一定会咕噜咕噜乱叫，比闹钟叫得还要早，搞不好最后还是会吵醒她。

楼下厨房也许还有吃的。一想到这里，登时叫人无法忍受。简直是柿可忍，薯不可忍——雏步踢开被子，不禁想，为什么让人忍不了的事情要叫柿可忍薯不可忍呢？柿子可以忍，薯蓣①不能忍……是

---

① 薯蓣，也称山薯、山药等。

不是因为擦山薯或剥芋头的时候,汁液沾到手和嘴角,就会痒得受不了呢……

更重要的是,啊,能站起来了。雏步低头看了看。发现自己穿着一套蓝色的睡衣裤,白色短袜。她隔着袜子用手摸了摸,好像右脚的脚跟和左脚大脚趾周围贴着创可贴,有一点点鼓出来的样子。

所以,如果用右脚的脚尖,避免使用左脚的大脚趾……啊,能走了。

团子比伤口重要。雏步小心翼翼地走到了门前。她生怕吵醒小卷,轻轻地转动门把手,悄无声息地打开房门,静静地站到了走廊上。

房间和房间之间的墙上,亮着鹭鸟形状的小灯,能看清走廊前后的情形。目前还好,可以不去洗手间。雏步蹑手蹑脚地经过每个房门前。所有的房间都静悄悄的,但是可以感觉到里面有人。终于走到了楼梯口。透过走廊尽头的大窗户,看得见夜空微亮。时间这么晚,似乎在什么地方还有灯光,也许是观光地的缘故吧。

雏步突然想到,自己来到这里之后,还一次都没出去过。道后的街景是什么样子的呢？……但是现在，团子比街景重要。

楼梯边的墙上也装有鹭鸟形状的夜灯。下了楼梯，站在大堂里。玄关门的内侧已经拉上了白色的幕帘，幕帘上有印染上去的天蓝色的"鹭屋"字样。鹭鸶夜灯星星点点，一直亮到一楼的里面，走起来倒是一点也不用担心。

那个挂着门帘的地方似乎是厨房，雏步朝里面悄悄窥探。漆黑一片，只能听到低低的嗡鸣，应该是大型冰箱发出的声音。不知电灯的开关在哪里，雏步希望能找到一个手电筒，便走进了对面餐厅兼活动厅的大开间。

桌子都被收起来了，榻榻米叠席空空荡荡。窗户虽然拉上了窗帘，但是从窗帘之间的缝隙中隐隐透进一丝光亮。雏步被光亮吸引到了窗边，扒着窗帘缝看向外面——啊啊啊啊啊，怎么回事……庭园像是飘浮在银色的云层之上。

雏步把窗帘撩到身后，整个人都贴在了窗户上。庭园中处处可见鹭鸶形状的小灯，在距地面五十厘米左右的高度改射出梦幻般的光芒。夜雾迷蒙,像贴着地面升起,银光熠熠,使整个庭园看上去就像是浮在银色的云上。

雏步打开锁扣,拉开了落地窗。清风拂面,似乎是个舒适宜人的温暖夜晚。落地窗下的平坦石面上,摆放着凉鞋。她想起老板娘说过,从这里可以直接到庭园中去。肚子里的小虫子开始鸣叫。不管它。因为,眼前这座美妙绝伦的庭园,比团子重要。

雏步小心地避开伤口,穿上凉鞋,是一双做工很好的凉鞋,鞋底似乎衬有厚厚的垫子,右脚的脚跟能用上劲儿,走起来居然一点都不觉得疼。

灯光的亮度比较低,感觉跟月光差不多。或许是特意调成这样。眼睛适应了之后,周围变得清晰起来。雏步迈开步子在园子里走着。脚踝以下都包围在雾气里,感觉像是在云端漫步。小夜灯似乎是沿着步道设置的,尽管脚下被雾气隐去,但是也不会踩到种植着花草植物的地方。

红色的鸡冠花齐齐绽放;百日菊分散种在四处,鼓着花瓣层叠的红色、白色、黄色、紫色的花苞。园子里还种着大花马齿苋,胖嘟嘟的叶片非常可爱。夜间花容萎靡,不由让人心生惋惜。群生的芒草占据了庭园的一角。花穗丰满,成簇成束,仿佛与夜空中拖着光尾的彗星群重合在了一起。

雏步对植物不是很熟悉,只记得曾经在院子里种花的祖母教给自己的那些。所以,尽管周围还有很多种花,但是却叫不出名字,她心里感觉有些遗憾。

走到庭园深处,那里间隔地种着一些不是很高的树木。透过树干之间的空隙,可以看到一排栅栏,像是与邻家的分界,但是却看不到邻居那边究竟有什么。

沿着灯光在银色的小路上继续前进。道路左弯右转,给人感觉园子似乎比实际占地面积要广。看到御事岩了。当然没有跳舞的神仙。这种不同于灯光秀的庭园布局,究竟是为什么呢?雏步觉得不可思议,仍然继续走着,一排竹子组成的低矮篱笆挡住了她的去路。雏步发现篱笆有一处开口,可以供人穿过,鹭灯的指引,一直延续到更深处。

穿过竹篱笆,前方突然出现一大团柔和的光亮。

这这这这难道是……月亮？

只见一个大到需要仰视的半球体，正在释放出柠檬色的悦目光芒。无论颜色还是形状，都像是一轮满月从天而降，一半嵌入地下。看上去，直径大概有四米，高度有两米多的样子。

雏步走上前去，摸了摸半球的表面，滑滑的，稍微施力一按便朝里陷了进去。这种手感跟雏步的某段记忆重合在一起。全家人去露营的时候用过的那种……这不是帐篷吗？

雏步上上下下端量着，心中确定这个球状物就是帐篷。它的做工非常结实，也很像蒙古的游牧民用的那种帐篷。可是，这里为什么会有帐篷？

雏步沿着弧形的边缘寻找入口。在从正面转到大概九十度角的地方，发现了一块跟帐篷布同样材质的幕帘垂挂在那里，这应该就是出入口。记得在露营的时候，爸爸曾经告诉她，这个也叫门。淡淡的灯光从门缝中透了出来。隐隐约约，还伴着一股香味儿。

肚子里的小虫咕的一声叫了起来。不能再无视它的存在了……对不起，有人吗？雏步想尽力放大嗓门，但几乎没发出什么声音。又渴又饿，让她几乎说不出话来。

没办法，她弯下腰，将门向一边打开，向里面张望。帐篷的支柱上安装有间接照明，将里面营造成一个幽暗而又神秘的空间。

哇……成年人的氛围……雏步不由得想起在电视剧中曾经见过的、感觉特别棒的包……哦，不对，波？杯？啊，对了，吧、酒吧。自己当然一次都没进去过，但这里的氛围就像是酒吧。还有人们常说的那个词儿，叫作成年人的……宿舍？不对，成年人的空舍？成年人的农舍？……啊，对了，叫作隐舍，就是那种感觉。

与鹭屋二楼的房间几乎一样大的空间里，一个人都没有。里面要比外面暖和得多，虽然刚才也没觉得冷，但是触摸到这种温暖，雏步不由得舒了一口气，全身都放松下来。不能再回到外面，也不想再回到外面去了。

一进门就是一块四方形的下沉空间，大概是换鞋的地方，周边的地板高出一截，把凉鞋脱在这里应该可以吧。

"请问有人吗——我可以上来吗——打扰了……"虽然没人，雏步还是规规矩矩地打着招呼，迈上了比地面高出十厘米左右的地台。里面像是由木制的平台并排构成，上面铺着一层短绒地毯。

啊，香喷喷的味道就是它们发出来的吧？在帐篷中央摆着一张圆桌，桌上放着一个托盘，里面装满了烤得焦黄、形状扁圆、像是馒头一样的食物。托盘旁边有两个保温壶，壶身上都贴着标签，上面用记号笔分别写着"饴汤""乌龙茶（热）"，另外还有一个托盘，里面扣放着干净的茶杯。

桌子上还有一张纸，写着"请自由取用"。

这这这这，难道是魔鬼的引诱？不不，这应该是巡礼者的守护神——名字虽然想不起来——反正，就是那个"笔误"大师[①]，嗯，一定是他的馈赠……我开动了。雏步双手合十，抓起一个焦黄的烤馒头

---

① 指弘法大师空海。日本有句谚语叫作"弘法大师也有笔误时"。

就塞进了嘴里。口感酥香，红豆馅的甘甜占据了整个口腔。好幸福啊。

一口气吃掉一个，雏步又伸手去拿下一个。咦？……这次不是豆沙馅，里面包的好像是炒过的蔬菜，口感脆生生的，别有风味。雏步几口吞下去之后……突然想起来，咦？原来我不讨厌蔬菜？又起劲儿地吃了起来。

开始感觉到口渴。喝哪个呢？"饴汤"是什么？没喝过，尝尝看。她倒了一杯。金黄色的液体，热气腾腾地盛在白色的陶杯中，散发着一股甘香。喝上一口，惊艳！浓稠而甜蜜的糖水缠绵地卷裹住舌头，又漫布到嘴里的每一个角落，柔缓地滑入喉咙中。

原来是热的饴糖，是用饴糖融化而成的饮品。发明者可真是个天才。

扁圆的烤馒头也称得上是天才的发明，再各吃一个，最后咕噜一声，喝干了杯中的糖水……肚子里踏实下来，雏步满足地叹了口气。

满足感往往会带来困意。撑不住了。失礼了……雏步也不知在向谁致着歉，爬到贴近帐篷边的垫子那里,蜷作了一团。

哎?这不就是看过的那些童话故事和电影里的情节吗?雏步在逐渐进入梦乡的过程中还在想。这样睡过去之后,是不是就会有七个……王子回来?哎呀,不用七个那么多,我就一个人,对方还是王子……

在沉睡世界的另一头,似乎有什么响动。模糊不清的视野当中似乎出现了一个满面胡须的老爷爷。表情慈祥的白胡子老爷爷。

可是,我等的是王子啊。拜托,请叫王子来好吗?

老爷爷消失了……真雀婆婆拿着个大镜子走了进来。

魔镜魔镜,世界上最美的那个人是谁咋呐?

是老板娘。镜子答道。

那是当然了。

那么第二美的又是谁?

是小卷啊。

也是当然。

那么再试着问一下,雏步排在第几位呢?

那可就,非常非常靠后了!

呜呜呜……

哎呀呀,不要哭了,快把这个吃了。

那个不是毒苹果,而是热乎乎的熘蔬菜……啊好烫!雏步醒了。

十二

雏步睁开眼睛,猛地坐起身来,她看着四周。

这里是她熟悉的小卷姐姐的房间。自己穿着睡衣裤,裹在被子里。小卷不在旁边,她的铺盖也不见了。她回过头去,拉着的窗帘像是蓄满了光,十分明亮。

雏步掀开被子看看自己的脚。白色的短袜。摸一摸,似乎有创可贴贴在右脚的脚跟和左脚的大脚趾周围。她试着站起身来。只要不把重心压上去,就不会感觉到疼。雏步走到窗边,拉开了窗帘。光线像是得到了释放一般倾泻而入。炫目的明亮让人不由得移开视线,房间里瞬时盛满了阳光。雏步看到小卷桌子上的闹钟。

十二点半,果然是中午了呀……

雏步打开窗户。哗……外界的声响与清爽的微风一起迎面扑来,把她团团围住。前方有枝叶繁茂的树木,抬头有湛蓝辽阔的天空。风吹叶摇的声音,啁啾的鸟鸣,时断时续的人语声和音乐声……不知从何处突然传来一声长鸣,呜呜——像是蒸汽机车的汽笛声。

似乎有人在敲门。雏步刚一应声,门就开了。

"哇哦,阿雏,你终于起来了呀!"

小卷微笑着走了进来,她身穿一件淡米色的套头薄毛衫,下身是一条贴身牛仔裤,完美地衬托出她姣好的身材,头发在脑后拢成一束,自然地垂下。

"早安。"

雏步向小卷微微地行了个礼。

"还早安,现在已经中午了哦,而且,你知道自己睡了几天吗?"

啊?几天?什么意思……雏步有点发蒙。

"三天哦!昏倒在玄关,美灯和尚子把你送回房间之后,你就一直睡了整整三天哟!现在感觉怎样?有没有感觉哪里疼?"

三天?怎么会……雏步刚想说话,小卷却很关切地走上前来,她先将手抚在雏步的额头,又动作娴熟地在雏步的手腕上号着脉。

"不发烧,脉搏也正常。当然不是一直沉睡不醒,时不时地还会喝水、吃药、喝果汁,玛利亚还带你去过洗手间……不知道你记不记得,总之全程都闭着眼睛,感觉像是在梦游。"

啊,好像模模糊糊有些印象……雏步刚想回答,却见小卷的脸上浮现出富含深意的笑容。只听她故作神秘地说道:

"不过呢,听说阿雏说了很了不起的话哦!"

"啊?"

"昏倒那天,你手里握着一个信封,里面装了二十万元现金。大家都搞不懂是怎么回事。然后,就在当天晚上,有一位在这里住了六天的巡礼者打来电话,说已经回到了青森的家中……她还说啊,鹭屋有个年轻员工,对她说了一段非常感人的话,然后,就把钱的事情,还有阿雏说的话,都告诉了美灯。鹭屋永远都会在,是你说的吧?"

哦,是我说的吗……

"这个家永远都会在,我们会等你回来,请带着家人一起来,和您父亲一起来,我们真心期待。哇!已经完全是这个家庭的成员了呢!"

"啊,没有,我,那个不是我……"

"可是,穿着鹭屋的法披,小学六年级左右的一个小女孩,有点冒冒失失的感觉,不是阿雏还会有谁呢?"

什么?好吧,必须得承认,自己确实是冒冒失失,记忆力又差,经常用错词……哦,好像没提到这个,但是如果有提到,就必须得承认,因为那都是事实。可是,说我小学六年级,也太离谱了吧!这真是熟男①接受。

正在这时,门外又传来有节奏的诵经声,似乎在哪里听过这个声音。

"啊,是阿朗。阿朗!"

---

① 即"孰难"之误。

小卷走出房门。

"阿朗,先不要念经,过来一下。"

"谁念经了嘛!我在唱歌好不好?皇后乐队永恒的名曲! We will we will rock you."

"那你试着换上般若波罗蜜多,唱唱看!"

"般若波罗蜜多!哎?能唱嘿!"

哇!这个场景似乎以前也经历过一次。这叫什么,搞笑亮相,雏步刚开始在记忆里搜寻。

"好了,阿朗,你过来。阿雏醒过来了。"

"哎?真的吗?棒!"

哎哎,王子要进来了吗?雏步急忙看了看自己身上。啊!睡衣的扣子都裂开了。她慌慌张张地整理着衣服,门开了,穿着白色T恤配轻便皮夹克、黑色瘦腿裤的飞朗走了进来。

飞朗先是径直盯着雏步看,然后"喔噢"地发出感叹,满面笑容地走上前来。

"雏步,你醒啦!太好了!"

他张开双臂。突然就把一脸惊疑的雏步抱进怀中。

哎？啊！这……哈给①？这种紧紧的拥抱，是叫哈给吧？没错吧？第一次被家人以外的人哈给，更别说还是异性，简直不可想象。

飞朗放开雏步，从相距二十厘米的上方俯视着她："没有觉得哪里不舒服？"

雏步依然处在震惊当中，稀里糊涂地点了点头。

飞朗马上回头看看身后的小卷："雏步醒了，算不算是我的功劳？！"

"……也许吧。"

小卷意味深长地笑了。

哎？指的是不是那个，童话中的王子的吻？……雏步不由自主地按着自己的嘴唇。难道，不仅是初"秃"，连初吻也被夺走了吗……

"刚好大家都在楼下。美灯刚才还很担心，咱们下楼吧！"

飞朗拉起雏步的手。

小卷挡在了他身前。

---

① "hug"之误，雏步将其发音为"哈给"，在日语中是"秃头、谢顶"的意思，故而下文有"初秃"一说。

"白雪公主还穿着睡衣,就这么介绍给大家认识?"

哦,也是,飞朗停住了脚步。

"那,我先下去,先跟美灯他们打个招呼。"

飞朗步履轻松,神情愉快地走出了房间。

小卷走到衣橱前。

"总是这么大咧咧的,就像少了根筋一样,反而特别有女人缘,真是可气。"

但她的语气轻快,听上去一点都没有生气的样子。

"是在说,飞朗哥?"

雏步心里放不下,试探着问道。

小卷手里拿着衬衫、半裙、牛仔裤之类的衣物,比在雏步的身上端详着。

"嗯。脑子聪明,脾气也好,长得也帅……但怎么说呢,就是不懂女人心。有时候看到他不懂得女孩子的敏感,不会体谅对方的心理变化,真的好烦哪。那样有时就会伤害到别人啊……作为家人来说,倒是值得信赖,可要是拿来当男朋友,肯定出局。倒也怪了,我们班上的女孩子,一个个都飞朗飞朗的，吵得要死。我警告过她们，只是因为不了解真相才会喜欢他，可她们却说，就是那种不太懂女孩子心理的样子才酷，才让他显得更迷人，嗬！简直不可理喻。"

小卷将拿出来的衣服一件件在雏步身上比画着，从中左挑右选。

"请问，飞朗哥……是什么……"

关于飞朗，雏步感觉自己听到了很多重要的信息，虽然还有无数个问题想知道，但现在先要问的，是自己最关心的事情。

"阿朗？准律师一枚。大概继承了父母的大脑吧，特别是母亲的。平常他都在埼玉的研修所里，目前正在这边一位著名律师那里实习。十一月下旬考试通过之后，到了十二月就不再是准律师咯。"

……这样啊。但我想问的，不是这种事情，而是——

"他和小卷姐姐……是家人？"

"哦，是啊，是我哥哥。我呢，脑子不够聪明，父母的优点全都被阿朗占去了，其中也包括我爸爸的跑调技能。他比我大五岁,从小我就阿朗阿朗地叫他。他总是陪我玩,保护我。我如果是他弟弟,大概也会很崇拜他吧,包括他不懂女人心这种弱点。实际上,城里有很多年轻后辈都仰慕他。哦,阿朗的房间就在对面……不过,当了律师之后也不知他会怎样。"

唉耶!雏步禁不住在心中振臂握拳,欢呼雀跃。

"好了,这件应该不错。这是我十五岁时穿过的。那个时候我也比较瘦小,所以阿雏穿了应该合适。把睡衣脱下来,穿上试试。"

雏步看了看小卷递过来的衣服,吃了一惊。连衣裙?她已经很久都没穿过连衣裙了。连半裙都因为是校服才穿的。现在念的这所中学,校服裙子肥肥大大,下面总是会配上一条体操裤。雏步有点退缩。但小卷鼓励她说:"肯定很适合你。"

雏步犹犹豫豫地脱下了睡衣,从脚下开始套上连衣裙,将手臂伸到袖子里。小卷在身后帮她拉上了拉链。

"很好看啊!你自己看看。"

她把房间角落里的长镜子推到了雏步面前。

镜子里，呈现出与澄澈的天空一样的碧蓝。半袖，裙长刚好及膝。腰部收紧，搭配着一条装饰性的腰带。裙身向下保持着柔和的直线线条，到了裙摆处又松散地绽放。

雏步眨着眼睛。魔镜魔镜，这个女孩子现在排在第几位？

这时听到有人在敲门：

"可以进来吗？"

是老板娘的声音。

小卷应道："请进——"

门开了，身穿白色小纹和服，罩着法披的老板娘出现在门口。

"听说雏步醒了……哎呀，好漂亮。太合身了。"

老板娘看着雏步，眼睛亮晶晶的，缓步走了进来。

"是吧？这条裙子，记得吗？是美灯为我定做的连衣裙。"

小卷说道。

老板娘的脸上绽开愉快的笑容:"记得啊,你还留着呢?"

"当然啦。那个时候虽然别别扭扭的,但其实心里开心得不得了。"

"太好了……"

雏步看着眼前这两位魔镜美人榜上的冠亚军,听着她们之间的对话。她们俩,究竟是什么关系呢?小卷直呼老板娘的名字"美灯"。其中似乎有什么非同寻常的秘密,让雏步非常好奇。

老板娘转过身来面向雏步:"雏步,真的是太漂亮了。"

啊啊啊,是真的吗,雏步激动得快要发抖,脚下都有些站不稳。

"身体怎么样?"

"嗯……啊,承蒙关照……"

雏步鞠躬行礼。老板娘和小卷一齐笑了起来。

"哪儿的话呢。看你恢复过来比什么都好。"

"哦,我要走了哦!"

小卷一边收拾着剩下的衣服一边说道。

"是该走了。衣服就先放在那儿吧,回头我来收拾。"

"没关系……很快就能收拾好,啊!"

小卷的手肘嘣地撞到了镜子,手中抱着的衣服全都掉在了地上。

老板娘叹了口气,手扶在小卷的后背说道:

"好了,剩下的交给我吧。你的梳子和喷发剂可以借给我用一下吗?"

"请随便用。那就拜托了。阿雏,抱歉,本来也想帮你梳头的。但是,我现在要赶去约会啦!"

哎?什么样的人能交到这么美貌的女朋友?像飞朗那种等级的男人,居然还会有?

"周六下午呢,是小儿科病房的志愿者活动。很多小男朋友都在等着我呢!好了,回头见。别再睡过去了哟!"

小卷朝雏步挥着手,离开了房间。似乎在关门的时候撞到了脚跟,只听得咣的一声巨响伴着小卷嘶嘶呼痛的声音。

"要当心啊!"老板娘隔着门说道。

"知道啦——"外面回应着，脚步声渐渐远去了。

"雏步，去洗把脸再回来。还记得盥洗盆在哪里吧？那里有毛巾，也有牙刷。快去吧，我先把这里整理一下。"

雏步听从老板娘的安排，走出了房间，在走廊另一边的盥洗盆洗了脸刷了牙，也上过了洗手间，然后回到房间。只见铺盖都已经整理好，小卷拿出来的那些衣服也都收进了衣橱。

"来，坐到这边来。"

老板娘把镜子挪到了光线最好的房间正中，给雏步留出位置之后，自己跪坐好。雏步听话地在老板娘和镜子之间跪坐下来。

老板娘先用小卷的具有护发和光泽效果的喷发剂喷了喷雏步的头发，然后用梳子梳理起来。只有在扎辫子的小时候，妈妈给自己梳过头，自那以后，雏步再也没有过这种体验。

"头发损伤得很严重呢。好像很长时间都没有注意保养。"

老板娘轻柔地将发梳插进雏步的发丝，边梳理边说道。雏步不由缩了缩脖子。

"是不是一直处于无法打理的状态?"

老板娘的问话直戳雏步的内心,她无法回答。

"不过,你的发质柔顺,发芯也很坚韧,一定会变成有光泽的漂亮头发。颜色好像是天然的亚麻色,是不是随妈妈?"

雏步想起了妈妈的头发。总有人说妈妈的一头秀发是似染未染、富有光泽的亚麻色,非常漂亮。父母和祖母也曾经说过,雏步遗传了妈妈的头发哦。邻居们也都这么说。

"好了,你看这样好不好?"

老板娘放下梳子,用两只手轻轻地按了按雏步的头发,又倏地松开双手。雏步将望向镜中的目光从老板娘身上,移到了自己的脸上。

这,是谁?不会吧……雏步紧紧地闭上眼睛,又慢慢地睁开,再一次看到了镜子里的少女。魔镜魔镜,我知道第一名第二名不可能,但我一直以为自己排在后面的后面,特别沮丧,但现在,是不是可以不用为这件事哭鼻子了?

"雏步。"

老板娘的语气有些郑重。只见镜中的她稍微撤后了一些,与雏步拉开了一点距离,表情变得更加庄重。雏步转身面向老板娘。

"谢谢你。"

老板娘把双手放在膝头低头行礼,又抬起头来看着雏步:"那位回来送钱的巡礼者,是你热情地接待了她,耐心地听她说话,还鼓励了她对不对?我接到了对方打来的电话。她又高兴又感动,特意让我转告你,对你表示感谢。"

雏步耸起肩膀,低下了头。

"怎么……你不记得了?"

雏步像一个摇头娃娃一样回答老板娘的问话,嗯嗯地晃着脑袋。

"原来是这样。记得大老板娘曾经说过……这个家已经延续了三千多年,所以,家中或许会有家灵。历代老板娘的抱负,很多住宿者的心愿,渐渐地在家中累积起来,在关键时刻,那个家灵就会借助人的身体或物品的形态,来表达语言或意愿。不过……雏步算是什么样的情况呢？在那之前刚听过阿猪先生讲古，也从我这里了解到战争时的情况，自然会受到一些影响，几乎在同时，又听到了巡礼者的讲述，心有感触，所以，有可能在无意之中说了那些话。但是，无论如何，都是因为有你在，才会有这样的结果，我代表鹭屋向你表示感谢。"

老板娘的话，雏步听得一知半解，她只有低头回礼。

"而且，雏步，你被带到这个家中，到今天已经是第五天了。"

"啊……听说睡了三天。"

"小卷告诉你的？是啊。我在旧遍路道的出入口那里发现你的时候，你受了伤，问你去处，你回答说无处可去，所以，我就暂且把你带回来了，那是四天前。在那一带，有时会发现迷路的巡礼者，所以我总是定期去查看。"

原来是这样……雏步终于明白了。那天，那个巡礼者阿姨也说过，她在旧遍路道迷失了方向，最后是被老板娘救回来的。

"当时,你浑身是泥,所以回来之后就先把你带到浴室,请玛利亚和花凛帮忙,为你洗去泥污。当时问你叫什么名字,你虽然意识模糊,但还是告诉我们说,你叫雏步。问你年龄,你说十五岁。问你家住在哪里,你说没有。联络方式,没有。再问应该将你的下落通知给谁……你却突然哭了起来,不停地摇头,然后就失去了知觉。"

也就是说,名字和年龄,都是自己说出去的……雏步彻底明白了。

"请富永医生来看诊之后,他说没有特别严重的伤,只要留意观察就好,所以就把你安排在小卷的房间休息,那时,大概是当天下午五点钟的样子。可能是累坏了,你睡得很沉,但是天亮之前突然开始发高烧……我又请富永医生来看,查出链球菌感染,开了药。吃了退烧药之后,你的体温很快就降下来了,我们才松了一口气。于是就想,这下该问问你的联络方式了,十五岁的女孩子走失,家里人一定急坏了,必须尽快联系才行……可是,你的康复比什么都重要,想起你在浴室里痛哭的样子,我也有些顾虑,就拖着没问,结果就在那天,你跟巡礼者谈过话之后,又晕倒在地,之后就一直昏睡了三天。"

雏步在解开了一些谜题的同时,感觉自己给老板娘和大家添了很多麻烦,她低垂着头,感到羞愧万分。

"所以,雏步,我必须要问清楚才行。我把你带到这里,这就是我的责任,你懂吗?"

雏步点了点头。她懂,非常懂。

"那么,现在,你可以告诉我了吗?你的姓氏、联络方式。还有,有必要了解你目前状况的那个人,他的地址。"

雏步犹豫了。面对救命恩人,她有心坦白所有的事情……但是,她又非常害怕老板娘知道自己杀过人。她不想遭人厌恶。

踌躇之间,时间静静地溜走。窗外传来汽笛般的声响:呜呜——

"现在,还不能说?"

老板娘的声音是那么温柔。那种温柔让人心碎。

但是，越是这样，雏步怕遭她厌弃的想法就越强烈。雏步紧紧地咬住牙关。

"是不是，还需要一点时间？"

雏步赶紧顺水推舟，轻轻地点了点头。

"明白了。那，我就等你来告诉我。"

"请问……"雏步突然冲口而出，"如果不说……就不能待在这里了吗？"

她提心吊胆地观察着老板娘的神色。老板娘温柔地笑了。

"不会呀。不管你说还是不说，也不管你说了什么，如果你觉得除了这里之外无处可去，那么，想住到什么时候都可以。因为这里是鹭屋。鹭屋……就是为此而存在的家。好了，咱们下楼去吧。大家一定都在等着了。"

老板娘姿态优雅地站起来，走到窗边，抬头望着外面的天空。

"多么清亮的蓝天啊……雏步现在，就像是把天空穿在了身上呢。"

穿着蓝天……雏步被老板娘的话触动，又重新看了看自己身上。

老板娘关上窗户,把手伸向雏步。雏步很自然地握住老板娘的手,站了起来,跟在老板娘的身后出了房间,穿过走廊,走下楼梯。

快下到一楼的时候,雏步瞥到玄关的换鞋处摆着很多双鞋。再走下一级,就能看到大堂,在前面的大开间将现未现的时候,突然响起一阵欢呼声:"噢噢——"

怎怎怎么回事?

十三

欢腾的呼声如潮水般涌来,雏步像是被阻在半路,停下了脚步。

老板娘不慌不忙地先一步走下楼梯,来到大堂,她略微让到一侧,给雏步腾出空间。

从大开间那边传来拍手声。一开始零零散散,渐渐地,声音越夹越大,声势越来越强,和着拍手的节奏,大家齐声喊道:"雏、步!雏、步!"

这这这是要干什么……为什么大家要拿我的名字喊号?雏步愣在原地。

"雏步。"

老板娘笑着对雏步招了招手。她似乎看出了雏步的紧张,便竖起食指贴在嘴唇上,冲着大开间发出嘘的声音，拍手和喊号立刻停止了。

也许自己听错了，刚才大家喊的不是雏步，比如，可能是初步、徒步、进步、店铺、哥伦布、石头剪子布……啊，雏步突然想到。

是逮捕！看来大家都看到了通缉令，所以要求："逮捕！逮捕！"下了楼梯，会不会有一排警察站在那里守着，等雏步刚下去，就一起上前……老板娘还在招手。虽然对老板娘的事情一无所知，但是，她看上去似乎从来不会骗人，雏步没有来由地相信这一点。

带着对老板娘的笑容的信任，雏步走下了楼梯，在大堂的一边站定。

噉噢——只听得一阵更加盛大的欢呼将雏步包围住了。

雏步看着大开间里满满的人，不敢相信自己的眼睛。一定有一千人！不，一万人！不，一定有一亿人！不不，一兆人……当然不可能，实际上，大概有五六十人的样子，从幼儿到老人，各个年龄层的人都有。这，究竟是怎么回事呀……非要说的话，感觉好像全城的人都凝缩在了这里。

最先看到的,是坐得离雏步最近的、三岁到五岁左右的小朋友们,大概有十个人,全都开心地笑着拍手,一位上了年纪的男士和一位年轻女性分别守在这些孩子的两侧,二人身上穿着同样款式的黄色围裙,也在冲着雏步拍手。

他们身后有七八个老人,有的坐着轮椅,有的坐在普通的椅子上,神态蔼然可亲。紧挨着他们坐着的,是年龄跨度较大的五个孩子,小到幼儿,大的看起来已经上高中,他们正充满好奇地看着雏步。雏步感觉这几个孩子的容貌有点像玛利亚。

身穿绿色围裙、四十多岁的一男一女,分别陪伴在老人的两侧。

那边还有小学高年级到高中的少男少女,将近十个人。服装和发型各不相同,每个人都向雏步投来充满探询的目光。

在这些人的后面,有一群和雏步的父母年龄差不多或者稍微年长一点的、所谓正处于壮年时代的人。他们看起来像是目前这种盛况的倡导者,正在吹着口哨,发出起哄一般的欢声,迎接着雏步。

"雏、步!雏、步!"

再次发动起喊号声的,也是这些人。

幼儿和老年人都兴味盎然地凑着热闹,有节奏地拍着手,跟着一起喊。

"好了,停下。大家安静一下。你们吓到雏步了哦。"

老板娘抬起双手,制止住兴奋的人群。她无可奈何地微笑着,转向雏步:"真抱歉,这些人哪,从骨子里就喜欢热闹!"

"老板娘,等一下等一下。容我说句话。"

成年人群体中一位个子奇高、体格健壮、理着短发的男人突然发声。他经过日晒的皮肤微黑,给人感觉非常朴实可靠。只见他上前一步,站在雏步的身边:"雏步小姐……终于可以跟你单独相处了哦!"

他语气夸张,伸手搂住雏步的肩膀。

哇!哈哈哈哈哈……这一回,在场所有人都发出一阵爆笑。

这这这这是什么人,这位大叔……雏步大为震惊,动也不敢动。

"啧啧啧!"

人群中又走出一位容貌端正的女人,看上去性格很是泼辣,她一把揪住男人的耳朵,要把他拖回去,一边还对雏步道着歉:"对不起哦。"

"哎呀哎呀,等一下等一下。"

大叔对那个女人做出求饶般的手势,身体转向雏步:"我们听说啊,四天前老板娘救回来的女孩子,陪着巡礼者说话,还告诉对方说:鹭宧永——远都在,期待你再来。这件事真的很让人感动啊!偶然遇到、带回到这里的一个孩子,为什么能说出这么精彩一段话呢……太不可思议了。这,说不定就是鹭屋的守护神发出的一个启示。也许是一个有点让人头疼的孩子……但不管是谁,看重鹭屋的人都是我们的朋友。听说你一直昏睡,大家都担心得不得了。今天本来是因为其他事情在这里集合……但是飞朗告诉我们说,女孩子醒过来了,大家都特别开心!都想见见你,也想听听你的声音,所以啊,就都等在这里了。"

原来是这样……虽然雏步觉得,让人头疼的孩子这句话比较多余,但她大概明白了眼前的状况。可是,从另一个角度来说,为什么这么多人都关心一个陌生的女孩子,还为她的苏醒而感到开心,却让她觉得熟男接受,或者说无法理解。

"那么,既然大家都在这里,就请允许我为雏步介绍一下各位。因为人比较多,今天就先简单介绍,请别见怪。"

老板娘说着,便伸出手臂张开手掌,面向最前排的小朋友:"这是白鹭幼儿园的小朋友们和老师。他们的幼儿园就在鹭屋的隔壁的隔壁。"

小朋友和身穿黄色围裙的男女在向雏步招手示意。

"他们后面,是每天进出白鹭园日托中心的人生前辈和负责看护照料的员工。白鹭园紧邻鹭屋。"

老人们笑眯眯的,身着绿色围裙的男女点头致意。

"旁边那五个娃,是我的孩子咋呐么唏。"

玛利亚不知什么时候站到了老板娘身边,她在一旁介绍，同时向自己的孩子们挥着手。长相酷似妈妈的孩子们也挥手喊着妈妈。

"各随心意站着的那些……是从十岁到十七岁，因为各种原因不能上学，或者决定不去上学的孩子们。每天他们先在这里集合，然后到他们身后的那些大人那里去，体验农业、牧场或者海上作业，学习陶艺和木工，有的会在附近的公民馆学习一些自己真正想掌握的东西。"

被介绍到的孩子们，有的直接看向雏步，有的不好意思地低下头，也有的亲热地回头看看身后的大人。

"那么，最后一排，就是喜欢热闹、酷爱过节的各位大哥哥大姐姐。"

这时，只听得一阵嘿哟嘿哟声起，那排成年男女发出抬神轿时的号子声，身体也跟着上下耸动。他们穿的都是运动服或者牛仔裤、衬衫等方便活动的服装。

"他们哪，是为鹭屋提供食材，帮忙做饭，通过各种形式支持鹭屋工作的人。"

哎？有这么多人支持着鹭屋的工作？本以为此前见到的人已经是全体成员了，雏步有些困惑，又重新望向那些人。

"哎哎，等一下等一下。"

刚才搂过雏步肩膀的大叔打断了老板娘的介绍。他举手示意大家静下来："我知道，一下子介绍这么多人，雏步小姐肯定会记不住。"

没错……雏步点了点头。本来就狭窄的脑袋里感觉几乎没有空余了。

"可是，像这样被打包介绍，我们也有点不甘心，对不对？所以，也请挨个儿介绍一下名字好不好？"

"那样的话就不要劳烦老板娘，阿滨你来介绍一下就好咯！"

站在他旁边的一个戴着眼镜的微胖男人说道。

"嗯，你的建议非常好！那就由我来介绍一下。好吗，雏步小姐？"

被称为阿滨的男人笑着对雏步说："记不住也不打紧。知道有这么个人就行了。再住上一段时间，自然就都认识了。"

再住上一段时间……这句话，触到了雏步的心事。我还可以暂时住在这里吗？能待在这里吗？……不，还是不要吧……连她自己也无法确定。

"我姓滨田，负责给鹭屋提供大米和根茎类蔬菜。这位呢，就是我亲爱的老婆大人。"

滨田将嘴唇努向身边女人的脸颊。但是，对方迅速来了个漂亮的肘击，滨田像是早已习惯了这一套动作，故意夸张地发出哀号，之后接着介绍道："这位丹羽濑，是我的发小。他将新鲜的鱼贝从大海发送到这里来。"

他拍着刚才发言的那位微胖眼镜男的肩膀说道。

"旁边是为鹭屋提供水果和叶菜类蔬菜的久里——久里原先生和他的太太。"

一个留着寸头、眼睛圆圆的男人和一位看上去很有劳动者气质的女人在朝雏步挥手。

"西村君和三上君，从中学开始就是棒球队友，现在则是事业上的伙伴，一起经营牧场。"

两个男人身上穿着类似棒球球衣的长袖衫，只有袖子部分是藏蓝色的。他们嘴里喊着球场上的应援号子:"加油加油雏——步!向前向前雏——步!"

"还有从四国各地收集采购各种天然食品、无添加调味品,以优惠的价格提供给这里的批发商尾久村夫妇。"

一位看上去精明强干,头发也理得短短的男人和一位亲切随和的女人向雏步点头致意。

"三濑女士和龟田女士,在鹭屋附近经营咖啡馆,烘焙面包。"

一位大眼睛的苗条女子和一位短发凤眼的女人,开心地朝雏步招手致意。

"好,前后交换!"

在滨田的一声令下,被介绍过的人退到后排,没被介绍的人上前了一步。

"这是浅川夫妇。他们在公民馆帮助刚才那些孩子,还有因故没去上学的其他孩子,从听说读写,应对考试,一直到哲学,教授各种学问。"

在滨田的介绍下,一位高大的男士和一位气质雍容的女人露出矜持的笑容。

"小西女士和冈田姐妹,是鹭屋的邻居,早晚都会来厨房帮忙。"

一位表情沉跃、身材娇小的女人站在两位形貌相似、胖乎乎的女人之间,三个人一起模仿着草裙舞的舞姿,朝雏步摇动着手臂。

"做砥部烧①的斋藤先生,和做木工工艺的十贯寺先生,为鹭屋提供作品,也向孩子们传授陶艺和木器的制作方法。"

一位气质飘然的男子和一位将满头灰发梳向脑后的半老男士,只是微微地举了举手,看上去性格都有些内向。

"负责日用杂物和生活必需品进货的广木先生。古川君和他的姐姐负责采购巡礼者和旅行者的必备物品。"

一位腰部略弓、面容和蔼的男人微笑着招手,而另一个戴着眼镜、诚恳朴实的男人和一位跟他长

---

① 砥部烧是以砥部町为中心产地的陶瓷器,被指定为日本国家传统工艺品以及县级无形文化资产。特点是清透的白瓷,淡蓝的图绘,瓷器质地稍**厚装饰却毫不浮夸**,多为食器,花器。

得很像的温婉女性,则深深地低头行礼。

"还有很多其他的伙伴,但是今天聚集到这里的,差不多就这些了。"

啊?还有很多?雏步感觉自己的脑袋像只气球一样,眼看就要爆开了。

"阿滨,阿滨,也介绍一下我们嘛!这么难得的机会。"

陪在小朋友身边那位系着黄色围裙的上了年纪的男人扭头说道。

"哦,对了,这位是幼儿园园长横田先生和保育员石川女士。"

在滨田的介绍下,黄围裙男子和笑容可掬、充满爱意的女性低头行礼。

"还有看护师佐佐木夫妻。"

听到介绍,身穿绿围裙的两位——一位头发稀薄、气质文雅的男性和一位飒爽干练的女性朝雏步挥着手。

这时,坐在最前排的小朋友们开始七嘴八舌地自报姓名:芽依、樱子、鹿子、希希、康和、实信、海斗、金太郎……

　　接着老人们也开始自我介绍,名字如洪水般朝雏步奔涌而来。

十四

当然不可能记住所有人的名字。但是大家在向雏步介绍自己的时候,表情都是那么快乐、自豪……完全没有一点被迫的感觉,反而像是在向雏步张开双臂,在对她亲切地说:欢迎你。被欢迎的人有些害羞,有点局促……但不知为何,也感到非常快乐。

那几个不去上学的孩子也开始自报姓名了。

这些少年一开始还有些不好意思,有的低着头,有的看着旁边以避免目光的直接接触,但是声音却格外清晰。他们报出自己的姓名,作为这个世界上独一无二的存在,像是在寻求某种认可……不,感觉他们早已获得了在场众人的认可,而现在,他们只是充满自信地在宣告这一点。

而这样的自报姓名,同时也是对雏步的一种认可,承认她也是世界上独一无二的存在。

刚刚度过童年时光,雏步就因故离开家乡,并且不得不两次改变住所。每次到新的地方,都被要求在陌生人面前进行自我介绍。而对方却不必自报姓名,只有雏步孤零零一个人被迫发言。射向她的目光,有时带着深深的怀疑,有时充满坚决的排斥,最后总会让她说不出话来,草草结束……每次,她都希望自己没来过这种地方,或者,干脆消失掉才省事。

只拥有这种经历的雏步,面对眼前的众人,该说什么?该怎么说才好呢?雏步感觉到大家期盼的目光,双腿不由得颤抖起来。

突然,一双手搭在雏步的双肩。老板娘来到了雏步身旁。

"这位,就是将鹭屋的真心传递出去的女孩子。看起来,她还可以在这里住上一阵子。"

老板娘先替她开了场。掌声响起。大家笑容满面,听不到任何冷嘲热讽的声音,在温馨的气氛中,人们似乎在等待雏步发言。

雏步无法控制住双腿的颤抖,但还是拿出了一丝勇气:"那个……我叫雏步……请,多多关叫。"

哇,完蛋了……嘴都瓢了,还关叫……会被人笑死……

面前的人一起鼓起掌来,比刚才还要声势浩大。还听到有人在说不错不错,好棒好棒。搭在雏步肩上的那双手传来一股力量,她转头看看身边,只见老板娘在对自己微笑着,似乎在说,没关系,不要怕。说起来似乎有些夸张……但是雏步突然感觉,此刻,不光是鹭屋,似乎这座城市,这个世界都接纳了自己。

"各位,午饭的寿司已经做好了。准备开饭!"

花凛掀起厨房的门帘,朝这边说道。

好——大家齐声回应。幼儿园的小朋友们最先站了起来。

人们在大开间里四散开,互相协助,将收到一旁的桌子搬回厅里,整整齐齐地摆好。少男少女们在厨房和餐厅之间穿梭,陆续用托盘搬来碗碟和筷子筒、调料罐、茶壶和茶杯等物。

空间看起来比前几日更大了一些,似乎是因为那几扇画着鸟兽袄绘的纸拉门被撤掉了,里面的单间与外面连成一体。雏步发现,大家配合默契,行动井然有序,一看就知早已习惯了这种活动。

"雏步,肚子饿了吧?马上就好了。"

老板娘说道。她走进大开间,开始帮忙安排老人们的座位。

雏步也想帮忙,却完全插不上手,她呆立在一边,看着大家忙碌,突然注意到飞朗不在。是飞朗哥将自己醒来的消息告诉了大家,可是现在他在哪儿呢?

"我回来啦!"

玄关那边响起悦耳的声音。雏步充满期待地回头一看……刚刚打开大门走进来的正是飞朗。

"你回来啦。"

老板娘迎了出来。

"我也跟挂河先生他们报告过了,关于雏步醒了的事情。"

"你好——"

几个人的声音同时响起,跟在飞朗的身后,又走进来一位男士和两位女士。

"雏步呢?"

飞朗迈上地台,站在大堂问老板娘。雏步明明就站在他旁边,他却只扫了一眼,就向大开间里面搜寻。

"不就在你旁边嘛!"

老板娘笑了。

啊?飞朗顺着老板娘的视线看到了雏步。从头看到脚,转头看看老板娘,又将目光移回到雏步身上。呀!这就是现实版的回头率吧……雏步害羞得垂下了眼睛,只听飞朗惊疑地问道:"哎?雏步?"

魔镜魔镜,魔镜大人……雏步在心中默念着,抬起了眼睛。

"完全认不出来了啊……"

飞朗双目圆睁。雏步注意到飞朗的表情,心中暗想,人的眼睛果然能睁到圆溜溜的呀……她突然感觉自己的脸红了,慌忙又垂下了目光。

"真漂亮啊,简直是太漂亮了!"

真的吗……

"这条裙子的颜色,真是太漂亮了!"

啊?你说啥?……裙子的颜色?好吧,是的,你说的没错。这是老板娘特意为小卷姐姐定做、小卷姐姐也非常中意的一条连衣裙,当然漂亮。这……这就是小卷姐姐刚才说的,飞朗哥唯一的缺点吧?就算是唯一,也相当致命呢!

"哎呀,这孩子就是雏步?好可爱啊!"

紧跟在飞朗身后迈上地台的女士,生着一双水汪汪的眼睛,亲切可人。

"真的,还以为是哪里的偶像明星呢!"

另一位女士身材瘦削、气质干练,头发扎成一束马尾。两个人看上去都比老板娘的年纪大一些,举止稳重从容。

听到了吗?飞朗先生?刚才的话听到了没有?这两位——尊贵的女士说的话。当然,我知道那是客套。但是对初次见面的人,说话应该注意,要体贴……总之,拿她们的几分之一来要求你,不算过分吧?

"你好哇!啊,这个孩子就是雏步咯?太可爱了,衣服也好看,真是人美衣靓啊!"

笑容和蔼的男士看着雏步,语气和缓地说道。

啊,这位大叔……啊,不,应该是伯伯阁下……伯伯阁下真是有眼光!

"雏步,这位是挂河先生。"飞朗向雏步介绍着伯伯阁下,"鹭屋的会计师,负责协调鹭屋与市镇之间的关系,处理一些复杂的事务,堪称道后地区的幕后人。"

"说什么呢飞朗,什么幕后人,不要乱讲。"

挂河先生用力地摆着手:"很久很久以前,祖上的先人非常仰慕鹭屋当时的老板娘……为了能让鹭屋将全部精力集中在照料旅行者的工作上,就主动承担了协调地区事务的工作。自那以后,家族代代相传,就一直做了下来,仅此而已。"

飞朗嬉皮笑脸地看着挂河先生的窘相,又用手示意着两位女士,介绍说:"这是美千代女士和光里女士。虽然年纪比我大很多,但是我从出生起就一直得到她们的照顾，所以平时我就叫她们阿美和阿光。"

"年纪大很多这种事用不着提吧？但是，倒确实为飞朗和小卷换过几次尿布呢！"

气质亲切可爱的美千代女士笑道。

"阿美在福利机构工作，如果一些处境艰难的巡礼者遇到难以解决的问题，我们也经常会找她商量。阿光在商店街经营父辈留下来的店铺，同时也做一些妇女工作，站在女性的立场为社区发展和节日庙会等活动出谋划策。"

"雏步会在这里住多久？可以参加庙会祭典吧？"

干练的马尾头阿光问道。

哦……庙会。雏步有些困惑。这附近就有庙会活动吗……

"喂——已经准备好了哟！哎呀，这不是阿美嘛！终于有机会跟你单独相处了！"

大开间那边传来滨田先生爽朗的声音。

"又开始说这些哟么哒。不是有这么多人吗？"

美千代无奈地笑着回应。哟么哒，看来果然是本地的方言，意思大概是胡闹瞎说，但听上去却没有恶意，似乎还带着些肯定的语感。雏步暗自分析道。

刚刚被介绍过的三个人朝着已经准备好餐食的大开间走去。

"雏步也一起过去呀!"

飞朗喊上雏步,跟在三人身后。

雏步闻言,也转身朝大开间走去,但刚迈出一步就停住了。

后面进去的四个人很自然地被吸纳到人群当中,暂时被打乱的圈子很快就恢复了应有的形状。那种情形,让她不由得有些担心。

雏步作为一个外来者,说不好会被这个圈子排斥在外……或者,并不是他们主动排斥,而是雏步自己非常害怕被这个圈子吞噬。也许,她已经变得神经质了……但是她感觉,自己一旦加入这个群体,就会失去自我的存在……

"好了,现在就要上寿司咯!"

花凛跪坐在大开间的入口,对大家说道。

"啊,等等。"

是老板娘的声音,她回头看了看呆立不动的雏步。

十五

"来。"

老板娘拉起雏步的手,顺着走廊向花凛的身后走去。花凛的面前放着一个巨大的圆形容器。

"正好,在手散寿司之前,先让雏步看看。"

花凛点了点头,稍微往一旁让了让身体。

"这是松山的乡土料理,松山寿司。"

尽管老板娘这样介绍,雏步仍然觉得眼前看到的缤纷色彩不是食物,而是一个栽种着多彩鲜花的亮丽大花篮。

"今天因为人多,用大号寿司盆也装不下,所以应该还有三大盆寿司在厨房里没搬过来,这种寿司饭很有特点。"

雏步出神地望着眼前的料理，老板娘的说明清晰地传到她的耳朵里。

"煮饭的时候要加海带和料酒，将龙头鱼的鱼松或者烤龙头鱼的鱼肉拆散，与煮好的米饭一起，用寿司醋搅拌均匀。尚子特别擅长的是鱼松饭。"

"龙头鱼是一种外形细长的鱼，身长三四十厘米，脸长得有点可怕，味道却特别鲜美。是我送来的哟！"

刚才被介绍说是供应鱼贝海鲜的那位男子，坐在远处的一张桌子前，高声说道。

"大米是我提供的咋呐。雏步小姐，好寿司一定要用好米才行。我的大米啊，无农药无化肥，就像我一样无添加纯天然。"

滨田先生要宝般的活跃表现，已经让雏步记住了他的名字。

"然后，饭里再加上很多种应季蔬菜，和濑户内海出产的鲜鱼。"

老板娘话音刚落，滨田就马上炫耀道："牛蒡和胡萝卜也是我种的哦！"

这时,另一个声音插了进来:

"不对不对,松山寿司最重要的是海鳗鱼,还有海虾。都是我拿来的。"

是海鲜专业户在强调。

"对莫布里寿司来说,香气才是关键。鸭儿芹和嫩豌豆可都是俺家种的哟!"

那个负责向鹭屋供应水果和叶菜类蔬菜的圆眼睛男子说道。

"莫布里寿司,是松山寿司的别名。"

刚才飞朗介绍过的美千代女士说明道。她就坐在雏步的前面。

"莫布里,就是混合的意思。"

坐在美千代旁边位子上的光里解释说。

"鸡蛋是俺们农场的。没有蛋皮丝怎么能叫寿司呢!哟吼哟吼!"

从中学时代就玩在一起的棒球二人组,异口同声地喊走了号子。

"酒是我送来的,还有干香菇、干海带,盐、醋等调料。"

那位经营天然食品的批发商接过了话茬……等等，还有我！不，还有我……一时之间，大家你一言我一语，互不服气地加入进来。

"吵死了咋呐！你们这些家伙安静一下好不好！"

玛利亚双臂交抱，大喝一声。正在热烈发言的男人们一下子噤声了。

在座的女人和其他男人全都哧哧地笑起来，孩子们也捂着嘴笑，老人们有的表情茫然，有的喜笑颜开。

"现在，可以上餐吗？"

花凛问老板娘。

"嗯，有劳你。让大家久等了，抱歉。"

老板娘说道。

花凛开始往盘子里盛装寿司饭，递给旁边的美千代，又一个接着一个传递下去。光里负责将新盘子递给花凛，花凛接过盘子继续盛饭。

刚才被介绍说是帮厨的几位女性，将另外几个寿司盆抬到了大开间和走廊的交界处，也开始盛装寿司。

"正冈子规先生也非常喜欢松山寿司,他的好朋友漱石先生第一次来松山玩的时候,他就请母亲亲手制作这种莫布里寿司,用来款待好友。当时漱石先生吃得不亦乐乎,子规看在眼里,喜在心头,遂作俳一首——'待君自有吾之法,莫布里寿司'。吾之法,意思是指子规家也有子规家的规矩,或者说,松山自有松山的待客礼法。好了,雏步也一起吃吧——鹭家有礼待雏步,莫布里寿司。"

雏步被老板娘轻轻一推,浑然忘却了迷失自己的担心,朝着大家给自己空出来的位子走去。她看到飞朗在对自己招手,飘飘然像走在真空中一般,恍恍惚惚地坐到了他旁边的坐垫上。

"睡了那么久,肚子一定饿了吧?"

飞朗的笑容似乎可以融化一切,刚才那些不懂女人心的迟钝表现,一下子就被原谅了。

"松山寿司不只是现在这个季节有,春夏冬也可以使用不同的时令蔬菜和鱼类,所以,每个季节都可以品尝到各自不同的风味。"

飞朗向雏步说明道。这时他看了看坐在桌子对面的两位少年："喂，你们俩，在桌子底下鼓捣什么呢？"

与雏步差不多年纪的两个少年，手放在桌子下面，好像在盯着什么东西看，嘴里还在嘀嘀咕咕。被飞朗这么一问，那个剃着平头的运动型少年将手从桌子底下拿了出来，伸向飞朗。只见他手上捏着一个五厘米左右的正方体。

飞朗接了过来，翻过来倒过去地端量着："咦，相当不错呢！"然后递给了雏步。

雏步来不及反应就接在了手里，不由得惊讶于它的轻盈……是木头做的。雕的是什么呢，雏步拿在手上转来转去，仔细观看。这应该是……狛犬吧。威风凛凛地守护在神社的神道入口附近的狛犬，神态炯炯，被雕刻得甚为精巧。

"勇麒雕的？巧手果然能遗传啊！"

平头少年摇了摇头："不是我。是奏磨雕的。"他偏头示意坐在旁边的戴眼镜的长发少年。

气质文雅的少年盯着雏步手中的小玩意，表情里带着些懊恼。

啊，给——雏步急忙将小雕件还给了眼镜少年。

"雕得……真好……"

默不作声显得不礼貌，虽然声音轻得像耳语，但雏步还是做出了表示。

眼镜少年歪着头，有些困窘地接了过去，然后啪地丢给了旁边的少年。平头少年接住之后，坏笑了起来。

"好了，各位，应该都已经到了，咱们开动吧。"

似乎是滨曰的声音响起，然后大家齐声说道："我开动了。"其中小朋友们的声音格外高亢响亮。雏步以及身边的每个人面前，都摆着一个厚壁的盘子，里面盛装着分量充足、色彩丰富的散寿司。

"开动吧。雏步多吃点啊！"飞朗说道。

雏步点了点头："我开动了。"

双手合十之后，拿起筷子，将松山寿司往嘴里送去。

哗……醋、甜煮香菇和鸭儿芹的清香一下子溢满口腔。颗粒饱满、口感软糯的米饭带着香气，咀嚼着晶莹的饭粒,用舌尖慢慢品味……果然,拌入了鱼松的寿司饭有一种独特的浓厚口味。

脆生生的嫩豌豆、甜滋滋的胡萝卜,馨香浓郁的牛蒡相互交缠,又被蛋皮丝的清甜包裹。夹起一块海鳗鱼单独品尝——鲜香肥嫩,十分可口。虾仁口味清淡,但是新鲜弹牙。在嘴里与寿司饭混合在一起……简直是人间极品美味。

一口,又一口,雏步不停地往嘴里送,一眨眼工夫,盘子就见了底。听到周围再来一份的声音此起彼伏。飞朗也在请花凛为他再添一份,并转身问雏步:"雏步,再来一份吧?"

而坐在对面的两个少年,已经在吃第二份了。

嗯,可是,太能吃会不会遭嫌弃……大概,会吧,但是不管那么多了,忍不了。目前,团子要比爱情重要:"不好意思……那我就不客气了。"

雏步把第二盘也一扫而光,这时,听到窗外又传来那个像是蒸汽机车汽笛的声音:呜呜——

"那是……什么声音……"

十六

"哎?雏步不知道那是什么声音?"

雏步的低语似乎传到了飞朗的耳朵里,他问道。

对面的两个少年也有些惊讶地看着雏步。

"也是,雏步到这里之后,还一次都没去过道后的街上吧?"

是。雏步轻轻地点了点头。

"那好,咱们出去散散步吧。我来给你做向导,带你参观一下道后。"

还没等雏步回应,飞朗就站起身来,到走廊去跟老板娘说了几句话,然后,他用眼神向雏步示意,招手让她过去。虽然刚好吃完了寿司,但是就这样欣然赴约,合适吗?雏步有些犹豫。

"喂,别磨磨蹭蹭的,还不快去?"

一个熟悉的声音在背后响起,雏步回过头去,只见真雀婆婆今天穿着一套款式典雅的亮灰色洋装坐在那里,正在吃松山寿司。

"好好参观一下你的街区。盘子就放在那儿不用管,快去吧。"

真雀婆婆对她挥着手,意思是快走快走,而"你的街区"这几个字也让雏步心中怦然一动。她向婆婆低头行了个礼,从大家让出来的空间穿行出去,来到走廊。

"哎?雏步小姐,这是要去哪儿啊?好不容易有了两个人独处的时间……"

滨田突然发现了雏步,发出疑问。

"约会哦!雏步现在要和飞朗约会去。"

真雀婆婆的声音在大开间中响起。哇地引来一片欢呼。

干干干吗要这么说……雏步抗议般地回头看向真雀婆婆。没想到,从真雀婆婆那里反而传来了拍手的声音,伴着有节奏的"约——会!约——会!"

马上就变成了合唱。

飞朗哭笑不得地摆着手想制止大家,但是合唱的声势丝毫没有减弱。

"好了,咱们走吧。"飞朗扶住雏步的手肘,一起向门口走去。

老板娘突然叫住他们,又无可奈何地看了看大开间那边,然后转身说道:

"小卷高中时候穿过的运动鞋看起来还能穿,我已经拿出来了,雏步穿上应该会合脚。"

一双刷洗得干干净净,保管得非常精心,看上去与新鞋没什么区别的雪白的运动鞋,摆在很多双鞋子的最边上。

"飞朗,出去要注意观察雏步的身体状况,不要让她硬撑。"

"好的。"飞朗应道。雏步第一次听到老板娘叫飞朗的名字。老板娘的语气和飞朗的态度,看上去都非常自然……但是雏步不知为何觉得很紧张,穿鞋也费了些时间。

"好了,走吧。"

飞朗早就穿好了鞋,等雏步好不容易把鞋穿上,就马上拉住了她的手……啊……可是,好开心!他们刚要出门,迎面突然有人闯了进来。

"啊,对不住!"

差点撞到一起,赶紧退后一步的是阿猪先生。

"哎呀少爷,又有新女朋友了?"

"早说过别再叫我少爷了,而且,这个女孩子阿猪先生也应该认识啊!"

阿猪先生又稍微后退了一点,盯着雏步看。

"是吗?可是,俺怎么会认识这么可爱的女孩子呢!"

阿猪先生,请让我为您送上一百分……雏步心花怒放,这时阿猪先生的脸上突然绽放出笑容:"哎呀,这不是雏步姑娘嘛!俺早就觉得这孩子一定会是个美人儿。不单是说外表,光看外表没啥意思。就在俺讲古那天,雏步姑娘先是把俺当成了小偷,不顾危险,大声呼救,拼了命要守护鹭屋。哎,那个心气儿啊!就像是一块璞石,慢慢地经过打磨之后,总有一天,会变成一位不亚于老板娘的大美女!"

老老老板娘？不亚于老板娘……阿猪先生，您肯定不是口误吧，不是想说大灰狼吧？不管怎么说，现在给您打一万分……不，一亿分送给您！

"那，现在你们要去约会了？"

大开间那边"约会约会"的起哄声依然不依不饶地响着。

飞朗刚要否认，却被阿猪先生微笑着打断："好了好了快去吧。现在刚好有巡礼者要入住，有点忙。老板娘——"

"来了——什么事？"

老板娘走下地台。

"在去石手寺的路上发现了两个巡礼者，看上去比较衰弱。可能是太疲劳了，所以俺就把他们带回来了。明典拉着他们呢。"

"是吗？花凛、玛利亚，巡礼者两位入住——"

"收到——"里面有声音回应着。大开间那边的喊声也戛然而止，从雏步这个角度可以看到，大家有的在赶紧吃完盘子里的饭，有的已经开始收拾了。

"待在这里也碍手碍脚的，咱们出去吧！"

在飞朗的催促下，雏步第一次——如果除去那天晚上的庭园之旅的话，也许那只是一场梦——走到了鹭屋的门外。

清风拂来，轻轻地拥住雏步又轻轻拂去，热乎乎的身体感觉格外舒适。距离大门口约有两米的距离，没有铺设石板路，而是在硬实的泥土上撒满白色砂石，也很方便行走。大门口由粗大的木柱构成，左右两侧的板墙不高，贴墙种着两排低矮的灌木。

雏步跟在飞朗的身后穿过大门，来到了外面的道路上。路不算宽，但左右通达，路对面的建筑物也是二层，可以望见与身上的连衣裙同样颜色的天空。

"雏步，稍微让一下。"

雏步被飞朗拉住左臂，身体撤后了一点。后背一下子贴到飞朗的前胸，雏步心跳加速。还没等她回过神来，就有人跑到了雏步刚刚让出来的地方。

那人体格精瘦，从上到下一身黑衣，外面穿了件鹭屋的号衣，头上绑着一条蓝色汗巾，背后像是背着一个巨大的黑色箱状物。再看箱子里，坐着两个身穿巡礼者白衣的人……啊……是人力车，雏步终于看明白了。

"明典,你辛苦了。"

飞朗对拉车的人说道。

那个名叫明典的男子,看上去比飞朗还要年轻一点,他气喘吁吁,用黑色的衣袖擦拭着从额头流下来的汗水,点点头,就地蹲了下来。

飞朗从人力车的后面拿来一个踏脚台,放在适合乘客下车的位置。

"慢一点,请注意脚下。"

他伸手扶着巡礼者下车。

先下来的人看上去瘦伶伶的,站到路面上,对飞朗点头致谢,向鹭屋走去。雏步看到对方摇摇晃晃似乎要跌倒,赶忙跑上前,张开双臂抱住了对方。虽然不很重,但是因为压力来得太突然,眼看就要失去平衡,雏步拼命站稳双脚,只觉得右脚跟和左脚的大脚趾突然传来一阵锥痛。但是她想,自己一旦松手,这位巡礼者就会摔倒受伤……便咬紧牙关坚持着。

"哎呀,这可不得了。"

阿猪先生出了大门，伸出左臂架在巡礼者的腋下，牢牢地将人接了过去。雏步这才松了手，却随着惯性倒退了一两步。

"没事吗？雏步？"

飞朗一边协助第二位巡礼者下车，一边关切地问道。

虽然脚依然觉得痛，但似乎很快就能恢复，感觉伤口并没有受到影响。

"没事。不好意思，我的力气不够。"

"不……多亏你帮忙……"

阿猪先生架着的那个人微微抬起头来，对雏步说道。

斗笠下露出一张苍白的面容，神态温和，是一位五十岁左右的女性。她看到雏步，先是睁大了眼睛。但马上又垂下眼睑，用耳语般的声音说道："多谢了。"

"那咱们走吧，还能再走几步吗？"

阿猪先生问巡礼者。刚好玛利亚迎了出来，从阿猪先生手上接过客人，稳稳当当地架住，带进了鹭屋。

花凛也出来了,准备去扶另一位巡礼者。

这是一位男性,戴着副眼镜,年纪看上去跟刚才那位女性差不多。他举手谢绝了协助:"我没关系。"脚步沉稳地独自向前走去,阿猪先生在前面为他引路。

花凛目送他们走远之后,来到依然蹲在人力车前的明典身边。

"你辛苦了。"

听到这句温柔的问候,明典抬起头来,视线与花凛的目光撞到一起,他眨了眨眼皮,像是被某种光芒晃花了眼睛。刚才看到雏步时,他的眼神明明还是晦暗的,现在他抬头看着花凛,俨然变成一位见到了心中偶像的少年,眼眸中充满亮色。

"把车子拉到后面,稍等一下,我去给你拿点水喝。"

花凛的语气,像是对待弟弟一样,亲切中带着些随意。

明典高兴地点了点头,起身抓住车梁。他将人力车掉了个头,朝刚才来的方向走了一小段,马上转弯朝鹭屋的庭园方向走去。花凛看着他做完这一系列动作,转身对飞朗和雏步低头行了个礼,返回了鹭屋。

十七

"好了,我就先从咱们的周边开始介绍。"

飞朗朝明典刚才来的方向行进,雏步亦步亦趋地跟在后面。

"顺着这个方向一直走,就是道后温泉车站。那里是道后有轨电车的始发站,也是终到站,也通向站前商店街的入口。不过……这次我们从反方向开始绕,最后到车站。这里是我们的停车场,里面连着房后的庭园。"

围在鹭屋外面的板壁的尽头是敞开的,院里停着一辆白色的面包车,人力车就停在它的旁边,明典正在往人力车的车轮下放置垫块。停车场的对面,是雏步曾经见过的那座庭园。

"旁边就是为人生前辈们提供服务的日托中心。再旁边就是幼儿园。幼儿园对面是被称为白鹭神的神社参诣道。"

雏步的视线随着飞朗的讲解而移动。只见停车场的旁边是一座和式建筑，玄关的上面挂着"白鹭园"的牌匾。再旁边那座屋顶尖尖的红房子，应该就是幼儿园了。从这里还看不到神社的参诣道。

"孩子们不仅可以在幼儿园的院子里玩，也经常会去白鹭神社里面玩。白鹭，就是白色的鹭鸶。通常叫白鹭神社、白鹭神……这座神社虽然社殿的建筑本身不大，但是历史非常悠久，早在城镇出现之前就已经受到众人的祭拜，所以占地面积非常宽广，也与鹭屋的庭园相接。小时候，我还经常翻过栅栏到那边去玩。"

雏步不能确定那天的经历是梦境还是现实，但却将隐约记得的庭园样貌，在脑子里画出了地图：啊，那些树木的后面有一排低矮的栅栏，原来栅栏的那一边就是神社了。

花凛好像是从鹭屋的庭园那边绕道过来，她将一个玻璃杯递给了明典。明典摘下额头上的汗巾,向她低头致谢,接过了杯子,将杯中的透明液体一饮而尽。花凛目光温柔地看着对方的一举一动。在他们身后,大花马齿苋和百日菊盛开在庭园之中,鲜花在阳光的照耀下,光彩奕奕。

"喂——阿明——阿明!"

从鹭屋的玄关那里传来了阿猪先生的声音。

明典点着头将玻璃杯递还给花凛。虽然看不到阿猪先生的身影,但却又听到一声洪亮的呼唤声传来。

"来啦——"

只见明典伸直了脊背答应着,朝雏步他们这边跑了过来。他微微欠身行了个礼便从飞朗和雏步的身边经过。

"来了来了!"明典大声说道,跑到鹭屋的正面,从大门进去了。

"阿明,今天有莫布里寿司饭。咱们一会儿还要出去,赶紧趁现在吃几口。"

只听明典答应着,然后又听到玄关门关上的声音。

转头再看庭园,花凛已经不在那里了,雏步突然看到远处一排竹子做成的低矮篱笆。啊,她想起来了!"请问,在园子的里头,是不是有一座像月亮一样的帐篷?"

"是啊!"飞朗很痛快地答道,"昨天晚上、或者说今天凌晨三点钟左右,雏步还在鹭屋的庭园里溜达过呢。"

"哦?……我真的在园子里面走过啊!"

"好像是。有人看见你了。据说,你穿过了院子,进了帐篷,吃了烤馒头,喝了饴汤,然后就睡着了,睡得很沉。因为怕你着凉感冒,就把我叫去了……听说,是你让叫的。"

"啊?我?"

雏步更是吓了一跳。

飞朗点点头。

"刚才在小卷的房间……我们在说雏步醒了有我的功劳,你还记不记得?"

雏步点了点头,眼眸低垂。难道,果然是因为王子殿下的吻吗……

"凌晨三点半左右吧,我被叫醒了,到帐篷里一看，你睡得很实。叫也叫不醒，嘴里还说着梦话。"

"我、我、没说了什么？"

"好像在说什么排在第几名，然后表情突然特别难过，咧着嘴，像是要哭出来的样子。是不是做了什么噩梦啊？"

彻彻底底需要秒钻了。雏步简直无地自容，只希望有个地缝，好让她秒速钻进去躲起来……

"反正，要是不管你的话，肯定会着凉，我就把你抱回了小卷的房间。幸好你没发烧，还醒了过来，所以，我就开玩笑说是我的功劳。"

雏步悄悄地用指尖触了触自己的嘴唇。终于松了口气，但也有一缕寂寞的情绪，像一阵微风轻轻拂过。

"谢谢。啊，是对不起。麻烦你去搬我……"

毫无疑问是给对方添了麻烦，雏步低头致歉。

"是爷爷到房间来叫我，让我好好照顾你的呀！我也拒绝不得。"

"爷爷……？"

啊，想起来了。雏步记得自己似乎模模糊糊地看见一位白胡子的老爷爷。

"爷爷住在那座帐篷里。他一般晚上起床,白天睡觉。鹭屋的人因为每天都要早早起来做事,所以夜间的睡眠是必须的。但是留宿在这里的人,很多都经历过不幸的遭遇,那些悲伤的记忆让他们难以入眠。人在为某些事情烦恼的时候,即使躺在床上,也总是觉得心里有什么东西在困扰着自己,对不对?"

雏步不住点头。这种情况她已经持续了数年。

"所以,有些住客会因失眠而起身。为了能让他们在园子里散散步,以排解情绪,鹭屋特意设置了夜灯照亮夜路,小路尽头的帐篷里还备有食物和饮品……曾经有一位巡礼者,深夜到园子里散心,走到帐篷那儿,见到了爷爷,把心中的郁闷一股脑儿倾诉出来,说完之后,人变得特别轻松。后来也出现过同样的情况,所以,爷爷就决定每天都做好接待的准备。如果有人想诉说烦恼,爷爷就倾听,如果什么也不说也没关系。总之,就是用这种方式来待客。今天凌晨三点钟左右,爷爷到房子这边的洗手间解手,在园子里发现了你的身影。"

啊……全都被看到了啊……雏步尴尬极了,感觉自己的脸热了起来。但是,那座深夜庭园梦幻般的景象,那顶让人误以为是月亮的帐篷,帐篷里那种神秘的隐舍氛围,又让她感到无比怀念。

"莫非,飞朗哥的爷爷,是一个生着白胡子的人?"

"是啊。你记得?"

"模模糊糊……那就是说,他是真雀婆婆的丈夫?"

飞朗听了雏步的问话,张大了嘴巴笑了起来。

"真雀,是我的外曾祖母哦!她原本是大大老板娘。帐篷爷爷名叫鸡太郎……家鸡的鸡、浦岛太郎的太郎。他是真雀的女婿,是前老板娘千鹤——也就是我奶奶的——丈夫。"

雏步试图在脑中将他们之间的关系捋顺,但却感觉七缠八绕越捋越乱,变得越发糊涂起来。

飞朗注意到了她的表情。

"这中间确实有些复杂。"

没错，太复杂了。而其中隐藏着雏步最想知道的一条复杂的关系线。

"请问，老板娘……和飞、飞卷，不不，和小卷姐姐，究竟是什么关系呢？"

到底是没有勇气。本来想问老板娘和飞朗的关系，临阵换成了小卷。

"嗯……这个也有些复杂……"飞朗歪了歪脑袋，"我一边带你逛，一边慢慢讲给你听吧。如果你真的想知道的话。"

想知道想知道……雏步忙不迭地点着头，那种迫切的心情连她自己也觉得有些不可思议。

她已经很久不对他人的事情抱有兴趣了。无论谁做什么，谁和谁是怎样的关系，世界上发生了什么事，她都完全没兴趣。说白了，就是无所谓。无论将来会怎样，她都不关心。

然而，不知为何，面对这些与自己毫无关联的人，雏步突然非常想了解。不仅想知道老板娘和飞朗的事情，对所有人，对鹭屋，她都想了解得更多。

"今天的风也很好，尽管有点晒，但是有风，就比较舒服。"

　　飞朗轻轻地伸了个懒腰。确实,令人舒爽的清风从天宇吹来。人力车上面的旗幌也在风中猎猎作响。

十八

"请问……为什么,鹭屋会有人力车?"

雏步看着人力车的旗幌啪嗒啪嗒地呼扇着,想起刚才就想问的问题。

"为什么……怎么说呢,从明治时代开始,鹭屋就一直有人力车。"

飞朗不经意的回答,着实让雏步惊讶……从那么久之前……那个,明治应该是排在平安时代后面的吧。奈良、弥生、平安、明治、江户……顺序好像是这样。

"因为从很久很久以前,人们就开始巡礼朝圣,有一些人因为生病而被迫离开家乡,还有一些人为生活所困,为了寻求帮助而踏上旅途……有的会因为体力不支，半路倒下，在旅途中死去的人也不在少数。据说，当时的鹭屋为了帮助这些人，就拉着人力车四处巡视，将陷入困境的人带回鹭屋。有点像是救护车的那种感觉。就算现在，周边也还有很多旧遍路道，汽车开不进去，所以人力车的存在就变得弥足珍贵。当然，车夫会很辛苦，但他们也是代代相传的，现在，明典在阿猪先生的指导下工作，非常尽责。"

"那，我也是被人力车带来这里的吗？"

雏步暗想，如果是这样的话，必须要去向刚才那位小哥道谢才行。

"我听说是美灯开着面包车载雏步回来的。"

面包车的驾驶席后面大概能乘坐六个人，车体的正面画着一只展翅飞翔的鹭鸶。或许寓意着飞速前来，及时相救。

"那……那天，老板娘是和别人一起把我救回来的吗？"

"没有，美灯基本上都是一个人出去巡视。其他人还需要烧饭、做清洁、洗衣服什么的，都有自己的工作。"

也就是说，在当时，雏步满身污泥，瘫倒在地，老板娘一个人或抱或背地把她弄上车，完全不在乎会不会弄脏自己或车子，把她带了回来。

"……为什么？"

一直积压在心底的疑问，在这一刻终于从雏步的口中溜了出来。

"为什么，老板娘……不，不只是老板娘……还有飞朗哥、小卷姐姐，还有其他的所有人，鹭屋的所有人，为什么都待人那么好？"

这个问题似乎把飞朗难住了，他的脸上现出复杂的表情。

"怎么说呢……我觉得这很平常啊。"

怎么会很平常呢？一点都不平常……雏步刚想反驳他，飞朗却带着雏步，再次向鹭屋的玄关方向走去："咱们还是先出去吧。"

幼儿园和日托中心的对面有一整面雪白的墙壁。那是公民馆侧面的外墙，公民馆的玄关正对着白鹭神社的参诣道。

鹭屋的对面，并排建有两栋极为相似的二层小楼。右侧的小楼挂着"汤之华诊所"，左侧的小楼挂着"汤之华妇产科医院"的牌子。

"这里就是给雏步看病的富永医生的诊所。隔壁的妇产医院由富永先生的太太负责管理。富永太太的兴趣是吹奏长笛，每当长笛口琴的夫妻合奏响起，大家就都借故走开……只有他们二位的患者无处可逃。"

飞朗笑着说明。

两栋建筑的旁边有一个带花坛的小巧中庭，再过去是一栋涂成亮奶油色的二层建筑。跟周围的房子比起来，这栋奶油色小楼看上去比较新，像是这几年新建的。

"这里是诊所的霍思必思①楼。雏步，你知道什么是霍思必思吗？"

嗯，雏步刚要回答，又谨慎地闭上了嘴。来到鹭屋之后，犯过太多的语言错误。霍思必思……虽

---

① 即"hospice"的音译。临终关怀安养机构。下文说的白色饮料指的是一种名为"可尔必思"的乳酸菌饮料。

然她确信那是指一种白色的甜滋滋的饮料，但是为了保险起见，她还是摇了摇头。

"癌症晚期患者，不再接受积极治疗，而只是减轻痛楚，平稳生活，尽量去体会生命的喜悦，珍惜离世前的每一天。这里就是以此为目的的一种设施。"

晓得了。嗯，确实白又甜——傻白甜，就像自己的想法……雏步表情微妙地点了点头。

"这里从前是鹭屋的库房，里面存放着历代传下来的古文书和信函、摆件、装饰品之类的东西。战后，鹭屋进行改建，很多摆件和装饰品都得到了利用，库房里的物品只剩下一半。所以，就在别的地方建了一座新仓库，把余下的东西搬移过去……外曾祖母真雀的丈夫，也就是千鹤奶奶的父亲是因癌症去世的，另外，她们也见过不少得了重病倒在半路的巡礼者，所以感觉到临终医疗的必要性，就决定利用库房的旧址建造一座临终安养机构。但是建筑和医疗方面都需要很多准备和审批，所以，一直到两年前才终于开始运营。这里由一位临终关怀领域的专业医生须永和医疗社工秋元进行实际上的管理……他们学生时代曾经同在一个落语兴趣班,性格非常开朗,一楼的大厅每周都会举办落语表演、音乐会或电影鉴赏会,一般人也可以参加,所以每周都热闹得很。"

在霍思必思楼的对面、鹭屋的隔壁,建有一栋较大的木造二层建筑,带有一些怀旧风格,一个玄关口,里面却似乎分成了好几个房间。极具年代感的古朴石门上,有一块木制招牌,上面用毛笔写着"第一熟田津馆"。

"这座公寓相当于鹭屋的员工宿舍。从很早以前起,在鹭屋以及周边设施工作的员工就住在这里。玛利亚一家都住在这里,另外还有尚子、花凛、诊所的护士、保育员、护工也都生活在这里。熟田津曾经是道后温泉附近的一个码头,很久很久以前,这一带都是海洋。"

哦?……这一带曾经是海洋……雏步看了看自己的脚下。

"据说,很久很久以前,都城里的贵族会乘船渡过濑户内海，在熟田津港靠岸，从那里再乘上轿子去温泉。似乎主要目的是利用灵泉来进行疗养。圣德太子也是其中之一，他们一行人也是当时的鹭屋侍奉接待的。"

雏步感觉自己好像是在听一个遥远而超现实的故事。既然自己脚下这片土地曾经是海洋，雏步索性想象出海底龙宫般的鹭屋和龙宫娘娘乙姬那样的老板娘。

"这里主要是面向女性员工和家庭，隔壁还有第二熟田津馆。主要为单身的男性员工提供住宿，从前就是这样分的。阿猪先生和明典都住在二号馆。"

飞朗手指着建在第一熟田津馆旁边的建筑物，只见那个门口出现了一个颀长的身影。

"阿幸。"

飞朗招呼道。

回头看过来的是那位其实并不傲娇的幸男。

白色帽衫配藏蓝夹克，下身一条窄脚牛仔裤，文雅得体，就像一个大学生。理得整整齐齐的头发向上抓起，连点头致意的态度都显得那么帅，那么无懈可击。

"阿幸，知道她是谁吗？"

飞朗带着点得意的神情，用手示意着雏步问道。

"当然知道了。是雏步。"

"啊？你居然认得出？"

幸男将目光从一脸惊讶的提问者身上转向雏步："听说你醒过来，真是太好了。"

语气里依然不带任何感情。

啊，谢谢……雏步有些紧张地点了点头。没想到，自己正处于高中女生幻想中的最佳场景……夹在王子殿下和傲骄酷男两个典型人物之间，不知不觉坠入情网……当然不可能，但还是心跳得厉害。

啊，对了，上次听说幸男虽然以男性的姿态生活，但在户籍上依然是女性的身份。可是，剧烈的心跳依然难以抑制。

"这条连衣裙，是小卷的吧？"幸男突然问道，目光随即又移到雏步的脚下，"这双鞋好像也……"

"啊，是的……我借来穿。"

"很适合你，很好看。"

幸男的表情没有任何变化。

呜哇!居然会被幸男哥夸奖……雏步惊喜交加,但却不知道该怎么回答才好,她意识到自己的表情紧张到僵硬,赶紧低头致谢。

"阿幸,你要去哪儿?"

飞朗问道。

"上午跟医生的出诊已经结束了,现在准备去鹭屋,帮忙制作纸垂①。飞朗和雏步要去哪里?"

"噢,因为雏步还没看过道后的街市面貌,所以带她出来转一转。"

"原来如此。路上请小心,不要过于劳累。"

幸男微微以目光致意,没有任何多余的动作,转眼便消失在鹭屋的大门入口处。

"阿幸和小卷同年,自小就在一起玩,两个人特别要好。但是没想到,他不仅连衣裙,甚至连鞋子都能记住。"

飞朗慨然道。

---

① 纸垂是经过特别剪裁、折叠而成的纸,一般挂在注连绳、玉串、祓串等上。

啊,确实……雏步低头看了看自己脚上的运动鞋。

雏步突然想到,或许,小卷姐姐的存在对幸男来说已经超出了发小的关系,他喜欢小卷。可是,这种女孩子的心思要不要告诉飞朗哥,也很让人为难,她兜着圈子问道:"那个……小卷姐姐,有没有男朋友?"

"她呀,现在一门心思只想成为一名合格的护士,大概还没那方面的想法。况且,她心中还有更高的目标要追求。即使有人对她有那方面的意思,她也比较迟钝,不会有什么感觉的。"

真的吗……雏步看了看身边的飞朗。你们兄妹两个,说的都是一样的话……兄妹都那么出色,可却都有个缺点——对恋爱比较迟钝,而且本人根本就没意识到这一点……不知是该觉得可惜还是可笑,但雏步还是松了口气。

"这里就是第二熟田津馆。"

与一号馆相同设计的建筑物上,门前挂着"第二熟田津馆"的牌子。

啊……原来幸男哥住在二号馆,雏步刚反应过来。

如果说他和小卷姐姐是发小,那么小卷姐姐和飞朗哥应该都知道幸男原本是个女孩子,并且一直到某个时期之前,都是把他当作女孩子来对待的。后来,不知幸男一直到多大才决定作为一个男性来生活。或许,他喜欢小卷,却一直把感情藏在心底……雏步的心像是被揪住了一样。

"怎么了?突然不说话了,是不是累了?"

飞朗从一旁观察着雏步的脸色。

雏步猛地摇了摇头。但见他还是一副不放心的样子,忙岔开话题,她想起刚才幸男说的话,问道:"鹭屋里现在正要制作什么东西吗?"

"啊,是庙会祭典时要用的纸垂。所以今天大家都集合在一起。做纸垂,要先把纸裁成几块,做成细长的纸签,然后认认真真地反复折叠,工序比较麻烦,用量也很大。所以就决定大家一起合作来完成。纸垂是……不知道你见过没有,庙会的时候,沿街的路灯或者比较高的地方不是会拉上注连绳[①]

---

① 注连绳是用秸秆等编成的绳索,原是神社门前的装饰,象征神界和外界的分隔。

吗?垂挂在绳子上的那些螺旋形的折纸。"

"啊……是用和纸做的,折成那种左右不对称的装饰……"

家乡的小城在庙会祭典的时候,也有白色的纸饰垂在神社的注连绳下面。

"对。汉字就写成纸垂,垂下来的折纸。本地的老派人喜欢称它为涎子。为什么需要那么多纸垂,咱们边走边说。哦,这里是以前的杂果子铺改建成的咖啡馆。他们家烤的面包特别好吃,也提供给鹭屋。"

飞朗指着的第二熟田津馆隔壁的房子,是一栋木造的、感觉上有些微微倾斜的老宅。雏步想起,刚才在鹭屋的大开间里见过的那些人当中,也有咖啡馆的人。

"旁边是这一带店铺和设施的公共停车场。对面的拐角,有一个药局,一位姓黑沼的药剂师在那里工作。他精通古今东西的各种药物,还知道一些偏方,对西医无法治疗的症状有一定疗效,富永医生和很多医疗人员经常到这里找他咨询和商谈。"

药局看上去也是一栋很古老的建筑,玻璃门上写着"白鹭药局"的字样。

"咱们从这里向右转吧。这里属于繁华商店街和大马路的后身,一些老住户和各旅馆宾馆的员工就生活在这里。"

拐过去之后,只见前面连着一片僻静而古朴的住宅区。雏步回头看看走过的路……从妇产科医院到幼儿园,还有教授功课的公民馆、鹭屋,有咖啡馆,如果生病还有诊所、药局、日托中心、临终关怀所,所里还会定期举办音乐会和电影鉴赏会……雏步意识到,从出生开始的整个人生,居然完全囊括在这一小块区划当中,心中不胜感喟。

"刚才说到纸垂……被注连绳圈起来的那片区域,叫作结界,联结的结,世界的界,是属于神灵的圣域。有一种说法是,拉起来的注连绳代表云,纸垂代表雷。雷以前汉字写作'稻夫',另外还有闪电,写作'稻妻'……也就是说,它们都是水稻的重要伙伴,可以带来雨水。所以,在祈愿五谷丰登的祭祀活动中,作为一种习俗,才有了这些装饰。"

听着飞朗的讲解,两个人不知不觉走到了一个略显开阔的十字路口。石板路左右铺开,左边一直伸向很远,右边不远处似乎就是商店街。

"穿过右边的商店街,前方有两座小山丘,山上各有一座神社。注连绳就是从那里开始挂起,一直连向街区的很多地方,距离相当长。在注连绳上会等距离地挂上纸垂,所以就需要相当多的数量。实际上,注连绳圈起来的结界内侧,代表着神轿即将通过的道路。"

啊,有神轿通过……雏步的心中突然感到一阵刺痛。她想起故乡的乡间小路上,神轿一步三摇、缓缓前行的情景。

"神轿会按照顺序经过街区中心的酒店、旅馆、各店铺,为大家驱邪纳福。走,我们先到路对面去。"

飞朗横穿过石板路,向坡度和缓的一条路上行进。雏步生怕被丢下,独自一人的话,那些回忆似乎马上就要逼近自己,于是她急忙紧追上去。没想到飞朗突然站住,她的鼻子撞到了飞朗的后背。

"啊，对不起，没事吧？"

"对不起，没关咻……"

这次不是嘴瓢了，而是撞痛了鼻子……雏步微微低下头。

飞朗回身指着他们刚刚通过的十字路口："如今这条路，大概有六米宽，但在过去，几乎三分之一都是河流。它是一条支流，干流从四国八十八所的第五十一所石手寺前流过，这条支流曾经横贯道后的城区街道，如今被掩盖在现在这条道路的下面，成为一条暗河。过去，这曾是一条水流清澈的小河，河里还有鳗鱼，前面的下游附近，还有创建于明治年代的著名酿酒厂。现在酿造的是非常好喝的当地啤酒。听说，我父亲和挂河先生他们小时候经常在河里抓鳗鱼，到附近去卖掉，赚了不少零花钱。"

咦……飞朗的父亲……雏步不由得抬起头来。她还是第一次听到飞朗父亲的事情。现在，他在哪里呢？雏步想问，但飞朗转过身又向前走去。

十九

"从小时候起,我几乎每天都会爬这条坡路。因为,爬到坡顶之后,向右拐……有一个非常著名的东西。"

飞朗卖关子似的说道。

但雏步还沉浸在对他父亲的疑问里。她刚要张口,却听坡上传来一个声音:"哟,这不飞朗嘛!涎子已经开始做了?"

是一位身穿工装的六十岁左右的男子。尽管须发已白,看上去依然带有江湖气,似乎随时都可以骑上重型摩托飙车如飞。他身后跟着两个身穿工装的小年轻,一边向飞朗点头致意一边走下坡来。

"应该是刚刚开始做。现在过去的话,可能还有松山寿司可以吃呢！"

"哟！那可得抓紧。话说老板娘今天是不是也很美呀！"

"工头亲自去确认一下不就知道了？"

"一天能看到一次老板娘的脸，就能延寿十天哪！跟泡道后温泉是同样的效果，你们说是不是？"

这位被称作工头的男子，朝着身后的年轻人问道。两个小伙子一起笑了起来："老板娘当然是不错，但我们更爱的，是小卷姑娘！"

"小卷今天在县医院做志愿者。要不，你们试试把腿弄断？去住个院？"

听到飞朗如是说，他们高声大笑："到底是当哥的，真够毒辣！"

工头大叔的目光移到了雏步身上，问飞朗："就是这个孩子？"

飞朗点点头。

"身体恢复过来了，不错不错！"

他对雏步说道。

事出突然，雏步措手不及，一下子不知道该怎么回答,再加上两个年轻男子的注视,她更是窘得抬不起头来。

'好了飞朗,回头筹备庙会的时候再说。还有这位小姐,回见!"

雏步稍微将脸抬起一点点,大叔对她咧嘴一笑,小跑着下了坡。两个年轻男子对飞朗行了个礼之后,跑着追上前面那个男人。

"吉田先生,是工建公司的老板。因为不喜欢人家叫他社长,所以大家都叫他工头。那两个小伙子是他公司的员工,人都不错。鹭屋如果有什么需要修理的,只要跟工头一说,马上就会来。哦,对了,他的太太跟我母亲是同学。"

听到飞朗介绍,雏步心里又是一惊。等一下,飞朗哥的妈妈,也是第一次听说呢,是什么样的人,现在在哪里呢……雏步刚要发问……

"哎哟,这是小飞朗吧,最近可好啊?"

一位看上去已经年过八旬、腰背略弯的老婆婆,推着助步车,正在慢慢地朝坡下走来。

"您好哇,小枝子老师。您看上去精神不错呀。

这是要去日托中心吗？我陪您一起过去吧？"

老婆婆喜笑颜开地对他摆着手说："我呀，就按照老年人的节奏，慢慢走，不要紧的。说起来，千鹤的忌辰就要到了吧？还要好好准备呀！"

"没，还有些日子呢。到时候我一定会跟小枝子老师联系，过去接您。"

飞朗将手扶在老婆婆的后背，轻轻地摩挲了两三下，笑呵呵地跟对方告了别。

"她是我奶奶的小学老师。也教过我父亲，所以，是我们家两代人的老师。"

啊，不只是他父母的事情，还有奶奶的事情……想知道的事情越来越多，却依然没有听到任何说明，雏步一肚子问号。

坡路还在继续延伸，但飞朗在半路上的一个十字路口向右拐去："这边走。在这片街区，走不了几步就会遇到熟人，我生在这里长在这里，鹭屋又比较有历史，如果说城里的人全都认识，大概也不算言过其实。"

飞朗说话期间，依然在跟迎面走来的人打着招呼,或点头问好,或招手致意。街上渐渐热闹起来,左手边出现一个很大的建筑物。

整体氛围像是一座博物馆,会展出那些很古老很古老的文物,比如土器啦埴轮①啦铠甲啦……又像是一个剧场,里面有穿着华丽戏服的演员正在演出传统剧目,嘴里还"咿咿哟哟"地念念有词……这栋设计考究的建筑,让雏步看得入了迷。

"这里是最近才建成的飞鸟汤泉,是道后温泉的分馆。建筑使用了和钉和菊间瓦,内部装修还用到了伊予飞白纹织物、砥部烧、大洲和纸等传统工艺,也是爱媛县传统文化的一种展示。"

雏步听得一头雾水,搞不懂其中那些词语的意思,只能含糊地点头回应。

"这里,是椿之汤。"飞朗指着它旁边那座白色的大仓库一样的建筑,"我们一直叫它山茶汤,这么多年,当地人就把它当作澡堂子来使用。鹭屋里面虽然也有浴池,但主要提供给旅途劳累的巡礼者和

---

① 埴轮是出土于日本古坟的一种土偶殉葬品(一如中国古时入墓葬的陶俑)。

旅行者，还有身体状况不太好的人，所以鹭屋的其他人一般都会到这个山茶汤来洗浴。对于身体状况还不错的巡礼者来说，这里更大、更宽敞，我们也会推荐他们到这里来，还可以顺便散散步。"

在他说话期间，又有几个看似认识的人轻声打着招呼或者颔首致意。

"嘿，这不飞朗吗！撞轿的成员已经定下来了？"

刚从椿之汤出来的一位看上去七十开外、长相略显凶悍的老伯叫住了飞朗。他似乎刚刚泡过澡，手上拎着一只竹编的小篮子，篮子里躺着一条红色的毛巾。

"具体成员要在下次开总会的时候正式确定。"

"飞朗，汤之町大神轿的两连胜就靠你了哟！输了的话，俺可不答应！"

老伯气势汹汹地瞪着飞朗说道。

在一旁看着的雏步，不由得有些心惊肉跳，但同时又对"汤之町大神轿"一词特别在意。

飞朗看上去却一点都不害怕。

"每个队都憋着一股子劲儿，无论哪里的大神轿都是劲敌，所以啊，没那么容易赢的。不过，如果文叔您要是肯上轿的话，一呼百应，大家齐心合力，说不定就能赢呢！"

飞朗的话让对方的表情松弛下来，他有些不好意思地摆着手："你这个家伙，真是会说话。嗯，要放在从前哪，俺肯定会上轿，起轿！出击！……把其他的大神轿全部碾压……不过，过去的伤啊，现在还时不时会疼呢！"

"不要紧吧？回头一起去做个推拿吧。"

"甭担心。用道后的温泉水治疗就好了。哟，这是小卷丫头吧？真可爱！将来一定会是个好媳妇儿！要不要吃少爷团子？俺请客！"

"文叔，我已经订好了看台的位子，撞轿那天，您一定要来观战哦！"

"嗯，能去的话俺肯定去。代俺问真雀姐好啊！"

老伯微微举了举手，转身朝着两个人过来的那条路，大摇大摆，却又步履稳健地走去。

乍看上去像黑帮似的一脸凶相，可是一旦害起羞来，表情居然有点可爱，再加上把雏步错认成小卷……嗯，还真是个不错的老伯呢！雏步目送着老伯的背影，在心里暗暗给予对方肯定。

"这位文叔，年轻时是黑帮组织的成员，曾经做掉了五个人。"

做掉……又是一个雏步感觉陌生的词语，但一定不是什么好词儿，所以雏步既没点头也没应声。

"那是五十多年前，因帮派之间争抢地盘犯的事儿。文叔是个孤儿，对把自己养大的老大言听计从。所以，他似乎只是听命行事。事情闹得很大，因为当时他还未成年，所以免于死刑，但是也坐了很多年的牢……出狱之后，因为原来那个老大已经过世，他就没再回帮派。为了给他背负的那几条人命祈福供养，开始巡拜八十八所灵场。结果，就在那期间，有个小流氓想借杀死传奇黑帮人物的方式一举成名，在道后附近的旧遍路道上，从背后捅了他……"

飞朗语气淡然地叙述着，雏步却感觉脊背有一股寒气在游走。

"鹭屋的老板娘每天都会出去巡视，救助那些倒在半路的巡礼者。当时,文叔倒在路上,人快不行了,老板娘真雀刚好巡视到那里,就把他救了回去。文叔的血型比较特殊,真雀把鹭屋的所有人都派出去求助,寻找血源。文叔因为有前科,之前警察局也发过通告,所以城里的人都知道他。也有人责问为什么要救这样一个黑帮恶人。但是……那个时候,有很多人死于战争,也有很多人想救却无力回天。真雀说,如果眼前还有一条能够挽救的性命,就应该施以援手。她说,无论什么样的人,都有可能是少彦名命的化身,也许是弘法大师在考验我们这些人类的信念,所以如果有机会出手相救,就应该尽自己的最大努力,以后的事情以后再考虑……"

雏步想起那天,在她觉得自己无处可去的时候,真雀婆婆让她就留在这里。她想起真雀婆婆身上那种不可思议的魅力。

"文叔恢复了健康之后,就在鹭屋的附近生活,主动包揽下很多脏活累活,走街串巷地收垃圾,清理堵塞的沟渠,所以整天都搞得很脏,身上还有味道,因此经常会被小孩子嘲笑,嫌弃他臭。有一次,文叔正在清理蓄水池的排水沟，正好遇到来钓鱼的小学生掉进池塘里……那个小孩也曾经嘲讽过文叔，但是文叔义无反顾地跳入池中，救了那个男孩子。那个孩子现在就在小卷做志愿者的那家县医院，是一名小儿科医生，挽救过很多孩子的生命。"

二十

雏步一时不知说什么才好,她只是望着那个渐行渐远的老伯的身影。

如果没有真雀婆婆的救助,就不会有文叔;如果没有文叔,就没有那个男孩子;如果没有那个男孩子,那么很多孩子就……

"听到这个故事的时候我曾经想到了'巡礼者'一词。就像'巡'字所表述的那样,生命是巡回流转的,人的愿望也在巡回流转……虽然不知坏事会怎样,但是好事一定会循序轮回,刚才雏步问过,鹭屋为什么每个人都那么亲切……说实话,这样的问题,我也不是第一次被问到。"

雏步愣了一下,转头看向飞朗。

"小的时候,被朋友问过好多次,还有从别处来的大人,也总是会为此感到惊讶。但是,无论是我还是小卷,都不太明白为什么这种程度就被称为亲切善良,也不懂大家为什么会惊讶。因为,这在鹭屋都是理所当然的事情。我们从出生时起,就生活在鹭屋,在鹭屋的大家庭中长大。如果见到有谁遇到了困难,都很自然地会上前询问,尽己所能地伸出援手。大家一起劳动,一起吃饭,一起开怀大笑,如果有人生病或者受伤就去照顾,互相帮助,有难同当……所有这些,都是鹭屋从很久之前就一直延续下来的传统,或许可以称之为礼法或者家风吧。所以就觉得很平常。而且,我认为还有最重要的一点。"

雏步下意识地点着头,等着飞朗说下去。

"这种活法,特别轻松哦!"

飞朗咧着嘴哈哈哈地笑了起来,雏步有些意外和不解。

"因为,如果遇到麻烦事,大家都会帮自己啊!说实话,什么都不用担心,无论遇到什么事,都会得到解决。是不是很厉害?"

啊,倒也确实……雏步心里想着,但还是说不出话来。

"可是,去了外地就感觉不太一样。为了要成为律师,我现在在司法研修所学习。目前是个别修习,也就是实习,所以暂时回到松山,不然的话,平时是住在埼玉县研修所的宿舍里。为了了解法律方面的相关工作,还会经常到东京去。我在那里遇到的人,都有点急三火四。他们来去匆匆,工作努力。但有时,那种情景看上去也很可怜。当然很多人都不错,不,几乎都是好人,但感觉似乎都是为了追求自己的生活或者理想而竭尽全力,完全没有相帮互助的氛围。所以,在那里,人们的愿望以及很多美好的事情都受到带阻,不会巡回流转……这是鹭屋之外的世界中的平常。如果从那个角度来看,鹭屋确实算不得平常。"

雏步点点头。是的,是不平常……可是,雏步第一次想到一个问题:飞朗哥所说的外面世界的平常,真的就算正常吗?

"先不说哪个好哪个坏。只是我比较喜欢鹭屋的这种平常。因为这样活着会很轻松，多好啊！为什么要将那么不轻松的活法当作平常，还必须要承受下去呢？我总是觉得奇怪。我想成为一名律师，也是为了要守护鹭屋的这份平常。"

什么意思呢……雏步想问问这句话究竟是什么意思，飞朗却朝着一条熙熙攘攘的街巷走去："来，咱们到拱廊里面走。"

架在街巷上空的弧形屋顶状似鱼糕，两旁卖土特产和纪念品的店铺林立，煞是热闹。雏步跟着他走进拱廊，顿时被一种不同于外界的繁华景象所吸引，不由得停下了脚步。

"这里是商店街的转角。拐角那座房子原是一家旅馆，据说漱石先生也曾经下榻过。右转向下，就是道后温泉车站。如果一直朝正对面的方向走……就是我们今天要去的地标。"

什么地标？不过与之相比，还有雏步更想知道的东西，心中的疑问简直太多了。虽然飞朗解释了很多复杂的事情，但谜团似乎越来越大。

肩膀突然被轻轻撞到,雏步晃了一晃。"哎呀,对不起。"一对打扮入时的年轻情侣低头向她致歉,又从她身边走过去。雏步四下一看,也许因为今天是周六,很多貌似游客的人在逛街,选购着特色商品和纪念品。

店家有的在跟飞朗打招呼,有的仅点头致意,飞朗一一回以笑容。

"正式拿到律师资格之后,我打算回到这座城市工作。"

飞朗似乎还在继续着刚才的话题,一边走一边对雏步说道。

"省办公厅和地方法院也在附近,我打算到律师事务所就职……但是,事务所的首席律师,也就是律所的老板,是我母亲的丈夫。"

啊?母亲的丈夫?那不就是爸爸吗?雏步刚想问。"哎,吃不吃煎米饼?"飞朗在煎饼屋前停下了脚步,买了两块煎饼,递给雏步一块。煎饼的大小刚好适合边走边吃。

"简单给你讲讲我父母的情况吧……二十五年

前,身为一名实习医生的父亲,与我的母亲——一位法律系大学生相识,后来就生下了我。也就是通常所说的奉子成婚吧。父亲是鹭屋的长子,母亲出身于律师家庭,她本人的理想也是要成为一名律师。两个人为了各自的目标,需要付出的努力也非常人可比,照顾和养育我,就变成了千鹤奶奶的事情。母亲是一个非常有野心的人,渐渐地,她的志向从成为一名法律专家转向成为一名政治家,当上了市议会议员的秘书。小卷出生之后,也完全交给奶奶照料,她自己则一心扑在事业上,积累政治资源。哎,快吃啊!"

飞朗提醒雏步道。雏步拼命想跟上飞朗的讲述,包在纸包中的煎饼依然原封不动地拿在手里。飞朗自己先咬了一口手中的煎饼,雏步也学他的样子……哇!香喷喷!简直太好吃了。

"不管怎么说,我的父亲是鹭屋培养出来的孩子,而作为医生,他渴望的是参加国际医疗团体,去往海外,为生活在战乱地区的孩子和贫苦民众提供支持和医疗援助。而母亲似乎只是被鹭屋的历史所吸引……她想的是将来自己成为老板娘，这样就可以把鹭屋的历史和拥有医生身份的丈夫作为支持自己事业的基础。这样的两个人必然会分道扬镳，只是时间早晚的问题。而且，从母亲的性格来看，也完全不具备鹭屋老板娘应有的素质。本来，如果说到他们为什么会结婚……我的母亲，唉，倒不是自夸，确实非常漂亮，人又聪明，年轻时的父亲会被吸引，拜倒在她的裙下，倒也不是不能理解。但是，母亲真正想要的……也许只是鹭屋吧。离婚的时候，我八岁，小卷三岁。抚养权判给了父亲……但实际上，说是甩给了奶奶可能更准确些。对于母亲来说，把孩子放在鹭屋抚养，也是上上之选，这样她就可以踏踏实实地推进自己的人生规划。而我们兄妹俩是奶奶带大的，自然会跟奶奶和鹭屋的人更亲。对于我们来说，奶奶才是真正的母亲，而我们的生母，倒像是个偶尔见面的亲戚。是不是很奇怪？"

"啊，唔……"

刚才咬了一口的煎饼还在嘴里含着，雏步又开始嚼了起来。

"后来，母亲就跟她现在的丈夫再婚了。对方也是再婚。他的第一任太太因病过世，留下一个跟小卷同龄的女儿。被母亲相中的这个人，是一名优秀的律师，熟悉和精通企业法等与经济相关的法律事务，也跟很多政治家有来往。在他的帮助下，母亲仕途坦荡，先是当上了市议会议员，现在成为一名县议会的议员。她想要的东西基本上都得到了，但是我觉得，她现在还是没有对鹭屋死心。"

啊？什么意思？雏步又停止了咀嚼。

"不知是还想成为老板娘，还是想以其他方式施加影响，总之，她经常会过问鹭屋的经营。她说，不收住宿费是比较愚蠢的行为，还说，应该把一些常年持有的土地变现，再翻新一下建筑，也应该接待观光游客……从鹭屋的历史传统来看，她提出的全都是违背原则的建议，可她总是不厌其烦地游说。所以，我怀疑她是不是有什么企图……也许，她想成为历史的一部分。虽然在官方承认的正史当中没有记载……但是，鹭屋的历史，可以说是一部庶民的历史，一部巡礼者的历史，都是人们不曾记录在历史年表上的悲欢离合,由历代老板娘经历并亲身记录下来、传承下去的历史……也许,她在有意或者无意之中,想结束这样的历史,成为一个创造和铭刻新历史的人。所以,我一直在注意观察母亲的动向,同时,为了支持鹭屋,我觉得最好的选择就是成为一名律师……好了,我们的目的地马上就到了。"

飞朗将剩下的煎饼全部塞进嘴里,大步流星地走了起来。雏步虽然知道吃相不好看,但也将煎饼全塞进嘴里嚼着,紧跟在飞朗身后。

"你看,抬头看!"

飞朗回头对雏步说道。

雏步刚好吃完口中的煎饼,抬起头来。只见正前方矗立着一座大建筑,正面看上去像是天守阁城堡与神社寺院建筑的综合体,风格古朴、气势威严。

"这里就是道后温泉的本馆。"

啊……震撼的同时,雏步也为它的美而涌出一种莫名的感动。

焦茶色的廊柱和雪白的墙壁,飞檐翘角,屋顶形状如起伏的波浪,屋面曲线形成的轮廓,看上去就像一只巨大的鸟张开了双翼。在屋面和房檐之间的位置,挂着一块古色古香的牌匾,以温泉波纹的图案设计为背景,写有"道后温泉"几个别具韵味的文字。

玄关大门敞开迎客,室内右侧似乎是接待处。玄关的两侧立有气派的灯笼柱。周围聚集了很多观光游客,正在饶有兴趣地取景拍照。

整个建筑似由几栋房子组合在一起,进深较深,视线越过正面屋顶,可以看到里面还有分馆似的建筑,左侧连着的一栋像是神社库房。果然,院里也建有同样的建筑,屋顶上还有一个小小的瞭望台。

"本馆最顶端有一个装饰,是发现道后温泉的神灵使者的象征。"

飞朗边说边带领雏步沿着建筑物横向移动。

在那个像是瞭望台一样的小木屋风格的建筑物上……真的呢……一只微微向后张开羽翼的白鹭,停在最高处。

"这里一共是三层。温泉浴池都在一楼,二楼是大开间，三楼是包间和休息室。迎面左手方向往里走，最里面有日本唯一的皇室专用浴室。据历史记载，皇室家族曾经御用过十次。最高位置那个像是望火楼似的建筑里，悬挂着一面大鼓，每天会在六点、十二点、十八点，分三次击鼓报时。"

雏步一边听着飞朗的介绍，一边凝神望着这栋壮丽的建筑，就是这里啊，就是这里，曾经说过要全家一起去的那个道后温泉……

爸爸、妈妈、哥哥……我先来了，希望大家能快一点团圆，一起到这里来……雏步在心中默念着。

"哟，飞朗——"

迎面突然传来一个柔媚动听的声音。

雏步的目光从建筑物上收回，只见一位身着华美和服的年轻女子站在面前。她的头发高高地盘在头顶，衬着雪白耀眼的肌肤，涂得鲜红的嘴唇显得格外诱人，大大的眼睛正看着站在雏步身边的飞朗。

也许因为她微微歪着头，膝盖略屈的缘故，从和服外面似乎也看得出她身体柔和曼妙的曲线，娴静温婉之中，又充满了呼之欲出的性感。绾起的发髻上装饰着闪亮的发簪,环佩叮当,和服面料上有小鸟在花丛中飞舞,图案是刺绣上去的,设计得明丽而细腻。

这这这这,这难道就是,被称为艺伎的人?……雏步浑然忘我,对方娇美婉约的身姿让她看呆了。

二十一

"哦,若叶。准备上席了?这么早?"

飞朗态度熟稔地回应道。

"嗯。虽然也是工作,但不是宴会。今天啊,我要当老师。"

被飞朗称为若叶的那个或许是艺伎的年轻女子笑着答道。跟外貌相比,她的笑容则显得爽直率真。

"当老师?"

"是啊。受磐户屋之托,做舞蹈讲习。有一个叫传统艺能保存会的组织,想学野球拳①的舞蹈动作。"

---

① 野球拳是松山市流传的一种歌舞表演,在三味线和太鼓的伴奏下,合着音乐节拍搭配猜拳动作。

"哦？就是那个'出局、上垒、唷唷咿哦唷咿'的野球拳？"

"哎，你可不要小瞧它哦！真正的野球拳也是一种很正规的舞蹈呢！"

若叶女士——雏步心生崇拜，瞬间便决定称呼她为女士——柔媚地白了飞朗一眼。

"飞朗，你知道吗？'出局'的时候，要握紧拳头、屈肘猛力击出，但同时还必须要有韧性，有韵味。'上垒'呢，手指要伸得笔直，双臂要果断地向左右张开，就像要将剑拔弩张的两队选手分开那样。所有的动作都要求展现出优美和品位。喏，我是这样编排的：屈膝，伸臂——用手在膝上方画出一条流线，就像是从石锤山的山顶一路画到山脚下。你瞧——"

若叶正对着飞朗和雏步，伸出右腿，微微屈膝，同时，嘴里轻念着"上垒"，动作果决地将两臂向左右张开。

在雏步眼里，若叶华美的和服微现凌乱，只见膝上方，确似有一座山巍然屹立，轮廓鲜明。在虚幻的山峦消失后,若叶的盈盈笑靥清晰浮现,仿佛一朵散发着醉人芳香的牡丹。

褔神悄悄隐,宿于牡丹哉。

某一年,在爸爸妈妈的结婚纪念日那天,雏步的爸爸在花店看到一束非常美的牡丹花,就买回来送给了妈妈。妈妈非常开心,一边插花一边念出了这首俳句。学生时代加入过俳句俱乐部的妈妈说,这首俳句的作者名叫小林一茶。雏步不懂茶字为什么要读作酒,难道那个著名的喜剧演员加藤茶,也要读作加藤酒不成?尽管她的思维经常会不着边际地乱打岔,但是看到花冠硕大的牡丹装饰在家中,听到花朵和福神叠合的句子,也觉得特别有趣。雏步记得,自己曾让妈妈反复念给自己好多遍。

若叶的动作优美,神态优雅,和服与晶亮闪光的发饰搭配在一起,真的让人感觉像是会带来福气的女神从天而降。可是,飞朗却丝毫都没有面对女神时应有的恭敬和惶恐,语气随意得很,只是反应迟钝地附和了一声:"不错,到底是若叶。"

若叶似乎对飞朗的迟钝早有了解,脸上现出一丝无奈的苦笑:"跳舞的时候,可否请您叫我福驹呢?"

她像在上席待客时对客人说话那样,用比刚才还要多十倍的妩媚表情和口吻说道,边说边恢复了原来的姿势。

"这位,就是那个雏步姑娘吗?"

若叶看着雏步,又用刚才那种爽直率真的表情和口吻问飞朗道。

啊啊啊,连若叶女士都知道我……雏步紧张起来,脸蛋儿一下子绷得紧紧的。

"是啊。出来散散步,顺便带她逛一逛道后。"

"你好。"

若叶微微地歪了歪头,向雏步问候道。

"啊……您好。"

雏步用轻得几乎听不到的声音回答。

"雏步姑娘,你知道爱媛县的县鸟是什么吗?"

突如其来的提问让雏步愣住了。大嘴鸥……那当然是不可能的。

"是不是,鹭鸶?"

"很遗憾。正确答案是驹鸟，也就是歌鸲。我姓福驹，幸福的福，驹鸟的驹。请多关照哦。不过，对雏步姑娘的话，还是用我的本名比较好……若叶在此有礼了。"

"哦，我叫雏步，小雏鸟走步的雏步……"

雏步满面堆笑，若叶对她轻轻地点了点头，又把视线转向了飞朗。

"飞朗，下次你也设个宴席嘛！就我们两个人，我教你野球拳。"

咦……雏步眨着眼睛，看着若叶和飞朗。这，这种别具深意的邀请，是不是有一点危险的味道在里面？

飞朗仰起脸，不出声地张口笑起来。

"我可请不起大红大紫的福驹小姐哟！"

"哎哟？难道，不是为了能赚到请得起我的钱才想当律师的吗？"

"我还不是律师呢！"

"那，等你正式成为律师之后，别忘了喊我去为你庆祝，一言为定哦！"

若叶的表情又变得像个小孩子，可爱又乖巧，飞朗终于面露难色，笑得有些窘，一时竟也接不上话来。一时间出现了短暂的沉默。

这一瞬间，雏步突然有一种奇妙的疑惑。因为，在若叶看着飞朗的眼睛里，她似乎捕捉到了什么——小女生的执着心意凝成的结晶，如火光一闪，取代了刚才玩笑似的轻松。

喀啦啦，雏步的背后突然传来打开拉门的声响，一个纤细的话音响起："让您久等了。"

雏步回头一看，只见斜后方挂着"四叶"招牌的餐饮风格的小店里，走出一位跟雏步年龄相仿的少女，体态圆润，身着一件素雅的和服。

少女非常珍重地抱着一个细长的桃色袋子和印有小鸟图案的布包袱。

"因为离上课还有一些时间，所以就跟由茉一起来四叶坐了一会儿。千歌请我们喝了咖啡，顺便聊了聊庙会的事情。"

若叶对飞朗解释道，雏步转过脸来，她发现，若叶女士眼中那道执着的光芒已经消失了。

"飞朗会在这里一直住到庙会的时候吧？"

若叶问道。

"嗯。我告了假，争取留到大典那天。撞轿结束之后就马上回去，还要准备最后的考试。"

"那好，大神轿的撞轿比赛，就期待你的精彩表现咯！由茉，咱们走吧。"

若叶招呼着和服少女，向道后温泉前面的那条路上走去，她回身看了一下飞朗和雏步，不知对谁挤了一下眼睛。

啊，是对飞朗哥吗，还是……雏步仿佛听到自己的心脏咚地一跳。

那个名叫由茉的女孩子，对飞朗和雏步低头致意，从他们的身边经过，跟在若叶的后面离开了。她抱着的细长的袋子里面，装的大概是三味线吧？在雏步家乡的小城里，有教授古琴和三味线的老婆婆，她见过类似的东西。

"我跟若叶从幼儿园到高中一直都是同学。"

飞朗看着渐渐远去的若叶的背影，回身对雏步说道。

"从小就一起,玩遍了道后的公园和山林,那么假小子似的一个人……真是想不到啊!"

这样啊,原来算是发小,所以可以正常面对若叶女士优雅迷人的样貌,一点都不觉得紧张……可是,刚才若叶女士的眼睛里……雏步刚想到这里,只听得飞朗说道:"咱们到上面去看看。"

他朝着对面的小山冈走去。

二十二

山冈的顶上似乎有一片停车场,坡路的入口被一个酒吧挡住。飞朗从酒吧的旁边经过,向坡路走去。雏步急忙跟在后面追上他。

"爬上这座冠山,从顶上可以看到道后温泉本馆的全貌。说是山,其实到下面只有二十米左右的高度,很快就会走到山顶……啊!"

飞朗突然停下了脚步。转过身来,看着正侧身贴着酒吧旁边走来的雏步。

"对了,你的脚还不行吧?"

没问题……雏步刚想回答,抬头看了看前面,发现坡度相当陡。啊,确实有点……她迟疑了一下。这时,身后传来一声短促的汽车喇叭响。

一辆轻卡停在了两人身边,一位年长的男子从驾驶席伸出头来。

"喂,飞朗啊,在这儿干吗呢?"

"啊,鸿野先生,您怎么会到这里来?"

那个叫作鸿野的男人头发斑白,鼻梁上架着一副眼镜,看上去大概五旬过半,脸庞晒成浅黑色,搭在车门上的手臂肌肉隆起,看起来像是个在工地现场做事的人。

"接到樋口宫司的电话,让我过来看看汤神社正殿的屋顶状况,这不,我正要过去呢!"

"啊,那可以让我们搭个顺风车吗?这是雏步,您听说过吧?"

"啊,就是刚来鹭屋的那个孩子吧。哎哟,这么可爱啊!"

嗯,这位鸿野先生毫无疑问也是个好人,雏步确信。

"我想带她从冠山的山顶看看温泉本馆和松山的市景。"

"上车吧。这个坡太陡了。就是车里挤了点。"

飞朗打开副驾驶的车门,向雏步伸出手去。

……雏步犹犹豫豫地将指头轻轻地搭在飞朗的手上,进到了车里。飞朗随后上车,挤在她身边坐下,相互肩碰着肩。雏步想起被飞朗"哈给"时的情景,心中怦怦乱跳,缩起了身体。

鸿野先生示意了一声,发动了车子,车身一晃,向前跑了起来。雏步的脸差点撞到飞朗,惊慌地朝鸿野先生这边又靠了靠。

"雏步多大了?哦,对了,问女孩子的年龄不太礼貌吧?"

鸿野先生露出尬笑,表情看上去还有些呆萌。

"……十五岁。"

雏步非常自然地答道。

"哦,那跟我家那小子一样大。我家老二现在念初三,是个堪称龟速的校田径队队员。"

"您又来了。勇麒的记录可是全市第一名啊!哎,刚才在鹭屋见过吧,跟奏磨一起来帮忙做纸垂的那个。"飞朗接过鸿野先生的话之后,又对着雏步解释说,"吃寿司的时候坐在对面的,剃着平头的男孩就是鸿野先生家的勇麒。文质彬彬、头发长一点的那个是奏磨，他是道后一家非常有历史的老旅馆磐户屋家的孩子。"

磐户屋……雏步想起来，好像是刚才若叶女士说过要去的那个地方。

坡路极陡，鸿野先生一脚踩下油门，雏步像是猛地被按到了车座上。轻卡低吼着爬上坡，来到了坡顶上比较宽阔的空地。鸿野先生就近找了个空位停下车子。

"这前面有一座汤神社，温泉汤的神社，祭拜的是守护道后温泉和周边民众的神灵。"

飞朗一边向雏步说明一边下了车，又向雏步伸过手来。雏步十分羞怯，忙说没关系，自己下了车。

"我去找樋口宫司，应该很快就能结束。回去也能载你们，等一下啊。"

鸿野先生理所当然地叮嘱他们过后，便朝神社方向走去。飞朗道了一声谢，雏步也低头行礼。

鸿野先生要去见的宫司，是不是就是负责神社事务的人呢。在雏步的家乡，神社里也有一位宫司，开朗健谈，雏步的爸爸经常会去找他商量一些事情。

"鸿野先生，江加鸟为鸿，代表一种很大的水鸟，野呢，就是原野的野，鸿野。听说过宫大工吗？就是从事神社寺院的建筑和修缮的木工师傅。鸿野先生是松山最好的宫大工，松山的神轿也全都由他来负责维护。到这边来。"

飞朗向停车场围栏那边走去。他站在可以俯瞰来路的地方，对雏步招手。

雏步走到他身边，把手放在栏杆上，视线顺着他手指的方向看过去。

哇……眼前豁然开朗。从这里可以看到整个道后温泉本馆。这么大……这么美……感慨的同时，俯瞰着威严肃穆的神殿般的建筑物和神灵使者鹭鸶，雏步心中涌起一股敬畏之情。

"从明治中期开始，道后汤之町就从道后村独立出来，推选出初代町长伊佐庭如矢，在他的带领下，当时的町议会和町内居民齐心合力，建成了这座拥有一百多年历史的雄伟建筑。听说，是一位名叫坂本又八郎的人负责建造，这个人出身于木工之家，代代相传,承接松山古城的建筑和维修工作。"

啊,所以看上去感觉很有城堡的风格啊……雏步似有所悟。

"如今,人们依然在为建设这座城市不停地努力。你看,本馆前面那个广场,以前是车来车往的道路,后来在很多人的协助下,打造成一个休闲场所,供人歇息。因为这是一座夹在山和海之间的小城,甚至可以说,我们整个国家都是这样的状态……如果,大家都能够互相支援,互相帮助,就可以快乐地生活下去。"

飞朗的一席话,让雏步不由得放眼四望……确实,山地低缓绵延,已经贴到了城市建筑的近前,一路起伏着伸向远方。

"继续刚才的话题。"

飞朗又将视线抛向群山那边。

雏步明白又要听到她非常感兴趣的话题,便凝神倾听。

"我父亲离婚之后,加入了海外医疗团体,经常不在家。我和小卷生活在鹭屋,而且已经习惯了父亲不在身边，所以也没觉得有多寂寞。而且，我们也觉得，父亲的所作所为，就是将鹭屋的家风和信念带到了世界范围，所以那种自豪感反而更强烈一些吧……然后，父亲在一次回国时，突然带了一个人回来。父亲介绍说，她是一名护士，在同一个医疗团体工作。海外的医疗现场条件非常艰苦，她长期坚持工作，十分疲惫，所以，父亲说想请她利用道后的温泉进行疗养。那年我十六岁，说实话，当时受到了极大的冲击，我没有想到，现实世界中会有这么美的人……"

难道，那个人就是……雏步凭直觉，脑海中浮现出一个人的形象。

二十三

"当然,像电影明星或者偶像那种外表看上去十分漂亮的人也许会有。但是,我却从这个人身上,体会到通过献身般的行为打磨出来的真正的温柔和深沉,以及被称之为人性的人类最高级的品格……当然,初次见面的时候,我只是单纯地惊为天人。那个人就是美灯。"

果然……听到飞朗对老板娘的赞美,雏步没有感觉到一丝丝的嫉妒,而是很自然地承认并接受了他的看法。

"但是,美灯当时看起来真的是相当疲惫的样子。他们俩并非情侣关系,父亲作为一名同事,感觉她再坚持下去的话,恐怕身心即将崩溃,非常担心,所以提议她到鹭屋来休养。她自己也因为多年的工作而感到疲劳……再加上一直对著名的道后温泉心怀憧憬,就接受了父亲的邀请……这些都是后来美灯告诉我们的。"

也就是说,老板娘原本并不是本地人,而是外来的。然而她竟然成为拥有三千年历史的鹭屋的第八十代老板娘。这又是为什么呢……雏步心中的疑惑不断地膨胀。

"如果谈到细节,那就说来话长了,而且也有很多我不了解的事情。所以简单说来,就是美灯非常喜欢鹭屋。最初计划停留两周左右的时间,结果延长到一个月、两个月、三个月。当然也有鹭屋的人对她的热情挽留。我的奶奶千鹤、外曾祖母真雀,以及鹭屋的所有人,都特别喜欢她。我和小卷也是……在来到鹭屋三个月之后,美灯笑着告诉我们说,她已经恢复了健康,向我们道谢并告别,又一次动身前往海外。父亲紧随其后,也被派遣到同一地区。后来,医疗团被卷入战火。相互敌对的政府军和反政府组织,本来协定会将医疗设施排除在攻击目标之外，但最终却未能遵守这项约定，医疗设施遭到了轰炸。父亲当时碰巧因为去领取医疗物资，离开了站地医院，但是美灯却正在现场协助进行一场手术，直接遭到了炸弹的攻击……"

雏步发出无声的惊呼，眼睛紧盯着飞朗。

"父亲跟救助队一起赶往现场，从废墟之下扒出了美灯，进行了简单的应急处理之后，将她送到了城里。后来又移送到医疗设施更加完备的其他国家接受治疗。所幸美灯保住了性命，但是依然处在危险之中，在医院住了很长时间。出院之后，父亲又把她带回了鹭屋。那时的美灯，虽然身体上的伤痛已经痊愈，但是精神上遭受的打击过大，一度非常沉沦。轰炸时候的详情我没有问过。别人不想说的事情，就不要去过问，这是鹭屋的待客之礼。不过，面对渴望倾诉的人，要诚恳倾听，陪伴到最后，这也是鹭屋的礼法之一……奶奶和外曾祖母似乎从美灯本人那里直接听到了一些事情。在鹭屋生活了很长一段时间之后，美灯渐渐地恢复了身心的健康。接下来，我们就听到了父亲要跟美灯结婚的消息……"

飞朗没有再往下说，沉默了好一阵。雏步无法猜度他心中的想法，也跟着沉默着，等着他再次开口。她打算，别人不想说的事情，就不去问……但是如果对方非常想倾诉，就诚恳倾听，陪伴到最后。

"……我不了解其中的原委。美灯命悬一线之时，是父亲救了她，并且在她住院期间一直陪在身边，大概是因为这个吧。父亲本来就是个少言寡语的人，关于结婚，他没做任何说明。倒是奶奶的一番话给我留下了很深的印象……她说，美灯已经没有办法再回到医疗现场了，所以，就请她将自己的能力和经验用在鹭屋吧。不知怎的，听上去就像是要美灯嫁给鹭屋的感觉。但无论如何，我非常高兴美灯能够留在鹭屋，对于鹭屋来说，这也是一份非常难得的好姻缘……小卷一开始有些抵触。美灯还是外人的时候，小卷很喜欢她，但是如果让她把美灯当作新妈妈来对待，她的心里还是抗拒的。而且，那时她还是个孩子……再有就是，她心里好像一直悄悄认为，自己会是下一任老板娘。"

原来是这样……雏步在震惊的同时也意识到，小卷的妈妈已经离开了鹭屋，所以将来小卷姐姐成为老板娘应该是一件很自然的事。

"只是，为了小卷我必须要说，她心里有这样的想法，更多的是出于一份责任感。因为母亲没有为鹭屋做过任何事就离开了，所以她决心自己一定要为鹭屋竭尽全力。她大概是觉得，自己的这份决心受到了阻碍。"

雏步的目光落在自己身上的那条连衣裙上。她想起自己穿上这条裙子之后，老板娘和小卷之间似有隐情的对话。

"我们往这边走一走。"

飞朗离开了栅栏边，向里面走去。

雏步将刚才听到的内容尽力在自己的头脑中整理着。

老板娘在海外医疗团体作为一名护士工作的时候，因为遭受炮弹的袭击身负重伤，最后和救了自己的飞朗父亲结了婚……大概是这样的吧？然后，就当了鹭屋的老板娘？

"看,一直向远处看。"

飞朗在前面的转弯处停下脚步,越过栏杆指着前方。

在坐落着各种建筑的街景的尽头,有一个小山包,像一只倒扣着的碗,山顶上是黑白对比鲜明的……

"啊,城堡!"

虽然曾经在图片和新闻画面当中看到,但亲眼见到松山城,还是第一次。

"松山城,高远胜秋天主阁……是子规吟哦松山城的句子哦!"

在市街的正中央,有青山苍翠,山顶伫立着一座小巧城池,看上去既可爱又亲切。可是……雏步想起了老板娘的话。

二战时……眼前的这片市街因为遭受空袭而被烧毁。据说,城市中心几乎成了一片火海。如今,眼前的景象,无论如何也看不出过去的那段经历。可是据说还有很多经历过战争的人,现在还活在世上。

并且,**老板娘**自己也算是亲自体验过战争的人……雏步突然觉得，战争，不再是很久远之前的事情，也不再是与自己距离遥远的非现实性的存在。

"从一般的角度来看，父亲应该是鹭屋的继承人，但是守护鹭屋历史的必须是女主人才行。这是从初代起就定下来的规矩。并且，并不是因为跟父亲结了婚，美灯才会成为鹭屋的老板娘。"

哦？是这样吗？……雏步更加聚精会神，生怕漏掉飞朗说的每一个字。

"要成为老板娘，需要具备一定的资格……这种资格，不是眼睛可以看到的实物，而是应该称之为得到了神灵认可的一种东西。而这种认可会以什么样的形式出现，只有得到了认可的本人，也就是历代的老板娘才会知道。并且，按照规矩，任命下一任老板娘，是时任老板娘的工作。鹭屋的女主人所肩负的责任，包括对来访鹭屋的人体贴招待，也包括坚持守护鹭屋的历史，还要指定下任老板娘，将接力棒传下去。"

雏步不由得一阵头晕……两只手牢牢地握紧栏杆扶手。三千年来，老板娘的位子就是这样传承下来的，简直令她难以想象。

"但是，不管是选择美灯还是小卷，大家都认为下一任老板娘应该是二十年之后的事情。奶奶当时正值盛年，把鹭屋经营得井井有条。可是……突然有一天，她却病倒了。也许她一直忍耐和隐瞒了自己身体上的不适……癌症发展得很快，连整天乐呵呵的富永医生也表情严肃起来，劝她接受全面检查。结果，她被告知只有三个月可活。奶奶非常平静地接受了这个事实，她拒绝了手术，而是选择请富永医生帮她缓解疼痛，自己则继续鹭屋的工作。那时候，奶奶和外曾祖母力主建造的临终安养院刚刚建到一半。于是，她们便请美灯做助手，辅佐老板娘的工作。那段时期，也是对外来的美灯进行培训，并向人们宣告她是继任老板娘的时期。"

飞朗的目光停留在古城那边的山丘，口气平和地说道。

"让美灯接下老板娘的工作，应该是奶奶决定的。从美灯的性格和经验来看，这也是一个自然而然的结果。终于，奶奶无法起身活动了，美灯代行老板娘的职责,一边管理鹭屋,一边尽心尽力地看护奶奶。不仅因为美灯的护士经验,而且因为她像对待生母一般全心奉献地看护奶奶,深深地打动了小卷……她开始把美灯作为人生的标杆,决心要成为一名护士。"

所以……飞朗哥曾经说过,小卷姐姐的目标,在比成为一名优秀的护士还要高的地方,那个目标,就是老板娘吧。

"奶奶意识到时日不多,就把大家都召集到活动厅,请真雀做见证人,正式将老板娘的位子传给了美灯。据说,事先跟美灯商谈的时候,美灯曾经数度拒绝。她觉得自己是外来的人,有很多顾虑。但是奶奶和外曾祖母一起说服了她,她决定以代行的身份一直做到能把位子传给小卷,才接下来。当时,鹭屋全体都同意由美灯接下老板娘的位子。因为美灯之前的工作,以及照顾奶奶时的体贴入微,大家都看在眼里,深受感动。但是,也不是说没有反对的声音。"

怎么会,怎么会有人反对这样的老板娘呢……

雏步感觉难以置信。

"我们还有姑姑。就是父亲的妹妹。很年轻的时候就离开了鹭屋,嫁到了外地,有了自己的家庭。据姑姑自己说,她非常恐惧自己被当作鹭屋老板娘的继承人候选。但是,她依然固执地认为,鹭屋的老板娘必须得是生在这个家中,由这个家抚育长大的人来做才行,所以她一直坚持要由小卷来担当。我母亲也主张,小卷才应该是老板娘。但是,小卷当时才十七岁,还没有能力去管理手下的人,也没有能力去安抚住客,分担他们的悲欢。恐怕现在也不行。小卷深知这一点,所以她的答复是:应该由美灯来做。并且,据外曾祖母说……历代的老板娘,半数以上都是从来访鹭屋的人里选出来的。鹭屋的老板娘,与家谱和血脉全无关系。接待一些无家可归者,关怀那些无处投奔的旅人,赋予他们以力量,让他们能在人生的旅途上继续走下去……能否将这种初代时就有的理念和誓言继承下来,才是成为老板娘所必须具有的资格。"

连雏步也懂得,这样的资格说着容易,但是实际上能够做到是难上加难。

"宣布美灯继承老板娘的工作之后,过了一个月,奶奶就过世了。在鹭屋召开了名为告别会的鹭屋风格的葬礼,很多人从全国各地赶来为奶奶送行。自那以后,爷爷就在院落里搭起了帐篷,开始了他的隐居生活。奶奶的死对他的打击太大了……爷爷曾经是一位自然风景和动物的摄影师,年轻时到各地去旅行,在四国的旅途中高烧病倒,被奶奶救了回来,后来两个人相爱结合。爷爷一直得到奶奶的照拂。婚后他还能自由地进行他的摄影之旅,也全都是奶奶的功劳。当时,他应该是一下子失去了依靠吧……好了,大概就是这样的情况,现在,你对我们家的情况多少有一些了解了吧。"